HÔTEL LE SOLEIL

Collection *Contemporains*
dirigée par Claude Frochaux

Ce livre a bénéficié d'une aide du Service des affaires culturelles de la République et canton de Neuchâtel

JULIEN DUNILAC

HÔTEL LE SOLEIL

Nouvelles

L'AGE D'HOMME

DU MÊME AUTEUR

Poésie

La vue courte, Seghers, Paris, 1952
La part du feu, Debresse, Paris, 1954
Corps et biens, Caractères, Paris, 1957
Passager clandestin, La Baconnière, Neuchâtel, 1962
Futur mémorable, Neuchâtel, 1970
L'Un, L'Age d'Homme, Lausanne, 1974
La passion selon Belle, Avec 7 pointes sèches d'Ivo Soldini, L'Age d'Homme, Lausanne, 1985
Plein ciel, avec des illustrations de l'auteur, Editions du Verseau, Denges, 1985
Mythologiques, L'Age d'Homme, Lausanne, 1987
Précaire victoire, avec 10 eaux-fortes de Pietro Sarto, L'Age d'Homme, Lausanne 1991
Incandescence sourde, poèmes pour une exposition Bernard Gressot, Galerie Nelly l'Eplattenier, Lausanne, 1994

Roman

Les mauvaises têtes, La Baconnière, Neuchâtel, 1958

Essais

George Sand sous la loupe, Slatkine, Genève/Paris, 1978
François Mitterrand sous la loupe, Slatkine, Genève/Paris, 1981
Le Conseil Fédéral sous la loupe, Slatkine, Genève/Paris, 1991

Théâtre

Une cinquantaine de dramatiques, essentiellement pour la radio (dont « Le Silence », prix Ondas) traductions et diffusions en allemand, italien, anglais, néerlandais, etc.

LE TAPIS TUNISIEN

C'est bien connu, Aurélie possède un sens inné des relations publiques. Elle l'affirme d'ailleurs elle-même avec une belle assurance et un brin de légitime fierté. Aurélie attire la sympathie de tous ; personne ne résiste à son entrain et à la chaleur de sa communication. Aurélie sourit constamment. Elle s'exprime d'abondance, les yeux écarquillés, toute de compassion et de compréhension.

Je n'ai jamais rencontré personne qu'Aurélie laisse indifférent. Les uns louent sa jeunesse persistante, les autres sa gentillesse ou sa totale absence de malice. Ce qu'elle dit, parlant à tort et à travers, n'a aucune importance. Seule compte son incomparable manière de le dire. Personne n'aurait le mauvais goût de la chicaner sur le sens de ses paroles ou de la disputer sur ses idées. Peut-on s'en prendre à la pure extraversion, demander à un miroir de refléter autre chose que, précisément, les choses telles qu'elles sont ? Aurélie existe comme les fleurs, le vent et tous les phénomènes de la nature. On ne saurait prétendre commander au temps ou réformer les saisons. Vouloir modifier le comportement d'Aurélie serait autant incongru et intempestif.

Pour nous, être à Djerba en octobre était un luxe. S'y baigner dans une mer chaude équivalait à manger des cerises en hiver. Quant aux familles de chameaux défilant sur la berge et entrevues entre les yeux mi-clos de la sieste, mieux vaut ne pas en parler. C'était pour nous le comble de l'exotisme.

Mais n'anticipons pas. Nous n'en sommes qu'au premier soir, après le dîner somptueux dans cet hôtel tout de blancheur à l'extérieur et de marbre à l'intérieur, sillonné en tous sens par des fellahs qui semblaient de service vingt-quatre heures sur vingt-quatre. Ce n'était qu'une impression puisque nous n'étions là que depuis quelques heures. Ce qui, par contre, était très réel, ce fut l'impression produite par l'arrivée d'Aurélie, encore que vêtu de blanc des pieds à la tête, conformément à l'idée que je me faisais de la tenue d'un gentleman sous ces latitudes, je ne passai pas inaperçu.

De son côté, Aurélie était aussi en beauté dans son ensemble rose pâle. Dans un tel équipage, nous représentions une excellente cible pour le petit monde des arnaqueurs, au surplus fieffés menteurs, qui tiennent boutiques de mode, tabacs, souvenirs et journaux dans le pourtour de l'impressionnant hall central.

Nous n'avions pas fait trois pas hors de la salle à manger qu'une escorte de sourires, courbettes et invites nous entourait comme une nuée d'abeilles. C'est à qui nous attirerait le premier dans son antre. Ali ben Ali quelque chose emporta le morceau, exhibant un permis de séjour C de Suisse et la photo d'une famille qu'il y aurait constituée dans le Jura. Dans la jeune boutiquière déjà atteinte par les premiers signes de l'embonpoint, Ali voulut de force que nous reconnaissions sa sœur.

Aurélie se laissa montrer les robes et les étoffes, mais elle eut l'imprudence de prononcer le mot « tapis », sans rime ni raison, simplement parce que rien ne sollicitait vraiment son désir. Ali sauta sur l'occasion. Il allait venir nous prendre demain matin à neuf heures à l'hôtel pour nous faire visiter une fabrique de tapis qui vend à prix de revient. Pas directement à la grande porte de l'hôtel, mais à l'autre bout du jardin, sur la grand'route. Tant de prudence aurait dû nous mettre la puce à l'oreille. La nuit hélas ne nous porta pas conseil et à l'heure dite nous nous trouvions à la place convenue.

L'air matinal y était-il pour quelque chose, toujours est-il que nous commencions à éprouver les premiers symptômes du doute, échangeant entre nous des regards éperdus tandis qu'Ali arrivait en Mercedes accompagné d'un forban à la mine patibulaire. La présence d'un couple, dont nous apprîmes plus tard qu'il était genevois, pris en charge par une autre voiture, nous rasséréna quelque peu. Ali fit stopper sur le port, nous présentant la tour dans laquelle furent cloîtrées les prostituées destinées à je ne sais plus quelle armada. Il se fit photographier le bras amicalement passé sur les épaules d'Aurélie. Nous avons conservé la photo. Puis, en moins de temps qu'il n'en faut pour l'écrire, la voiture entra dans le dédale des rues de la casbah de Houmt-Souk, devant l'entrée du *Mini Souk*. La porte passée, on recevait le choc du soleil et des couleurs. Des tapis rouges de rouge, bleus de bleu, jaunes de jaune nous balançaient leur cri sans nuances en pleine gueule, de la margelle du puits central sur lequel ils étaient exposés.

Des malabars de deux mètres de haut prirent le relais d'Ali mystérieusement disparu et nous précédèrent dans l'escalier somptueux qui mène à la galerie, puis dans une grande pièce aux murs et au sol recouverts de tapis. Suivant l'invite de nos deux cerbères, nous traversâmes la salle sur une douceur moelleuse pour aller prendre place sur une longue banquette tenant toute sa largeur. D'autres personnes s'y trouvaient déjà, sirotant une infusion de menthe que l'on ne tarda pas à nous servir aussi, malgré notre mol refus, versée du bec de cygne d'une théière tenue très haut. On était en plein folklore.

Nos mentors nous faisaient visionner par des sbires aux bras musclés des tapis et encore des tapis. Trop grand. Trop petit. Trop pâle. Trop coloré. Telles étaient quelques unes des épithètes d'Aurélie ponctuant le défilé. Puis, elle se renseignait sur le nombre des nœuds du tissage, hochant gravement la tête à l'énoncé de chiffres en soi impressionnants quand on ignorait les millions de nœuds au mètre carré des tapis persans.

Je compris à l'écoute de ses exigences croissantes qu'Aurélie essayait de sortir de ce mauvais pas. A nos hôtes de plus en plus nerveux, elle tentait de faire comprendre quel était le tapis qu'elle rêvait d'offrir à sa fille : il devait mesurer environ deux mètres et demi sur un mètre et demi, présenter des dessins combinant le bleu et le jaune, pas trop géométriques, mais tout de même un peu, avec le plus grand nombre de nœuds possible. Bref, la quadrature du cercle.

En dépliant leurs membres sans fin, nos malabars se

remirent sur pied et nous invitèrent finalement à les suivre. Sur leurs pas, nous entrâmes dans des petits ateliers où, dans la pénombre, trois ou quatre ouvrières tissaient, accroupies devant leur métier. C'étaient des jeunes filles d'une rare élégance naturelle, mates de peau, aux longs doigts, splendidement indifférentes aux visiteurs, dignes sans être arrogantes, un peu lointaines, comme à l'écoute d'une musique intérieure. Elles devaient être là pour la démonstration, tissant vraisemblablement toujours le même tapis, attendu que ceux vendus ici venaient d'ailleurs.

Puis nous fûmes menés au bord de la galerie, d'où l'on voyait toute la cour intérieure et les autres galeries, avec leurs tapis sur les balustres, contre les murs et, comme on l'a vu déjà, sur le sol de la cour, grande fleur dont le puits formait le cœur. « Personne n'oserait dire ici qu'il n'y a pas le tapis de ses rêves » déclara l'un des cerbères en jetant sur Aurélie un regard glacial. Aurélie demanda qu'on lui en fît voir un de plus près qui, de loin, l'inspirait. On alla le chercher pour le mettre à ses pieds. « Eventuellement », laissa-t-elle tomber avec une morgue qui, totalement contraire à sa nature rieuse, n'en parut que plus cinglante.

Il fallait sortir de ce guet-apens au plus vite. Les Genevois, croisés dans nos allées et venues, avaient disparu, non sans que l'on nous fisse savoir qu'ils avaient acheté une belle pièce. Ali apparaissait furtivement de temps à autre, l'air super-occupé. Comme il était midi passé, nous demandâmes un temps de réflexion auquel un déjeuner en tête-à-tête se prêterait fort bien. Qu'à cela ne tienne, on allait se faire un plaisir de nous accompagner et de nous faire voir le marché dont c'était, quelle chance ! justement le jour.

C'est flanqués de nos deux mamelouks que nous déambulâmes entre les étals de marchands de poissons, d'épices aromatiques et odorantes, girofle, anis, bétel, cannelle, safran, gingembre et autres poivre et piments, de fruits et légumes, grisés par les odeurs et les cris, plongés dans une sorte de moyen âge convivial, mais cherchant désespérément un moyen d'échapper à nos gardiens. Comme il n'y en avait pas, force nous fut de retourner sous cette escorte à notre souk de malheur.

Nous y fîmes amende honorable en donnant un statut définitif au choix *éventuel* concédé par Aurélie avant notre séparation provisoire. Laissés entre les mains d'un comptable qui devait avoir exercé précédemment dans la caverne d'Ali Baba, nous y signâmes un contrat d'achat qui nous faisait propriétaires d'un tapis de 222 x 140 cm d'une texture de 30 x 30 et pesant 9000 grammes, pour le prix de 2500 francs suisses, dont à déduire 570 francs d'arrhes. Le comptable demanda cash un petit pourboire supplémentaire pour lui-même et un autre pour l'invisible emballeur qui nous enverrait, sous huit semaines, le tapis à notre adresse, contre remboursement du solde dû.

Pour le paiement de ces arrhes, on retourna à l'hôtel avec les mêmes précautions que pour le quitter. Le temps d'aller les quérir dans notre chambre et de les remplir, nous remettions aux émissaires du Mini Souk deux chèques de 200 DT l'un (DT = dinars tunisiens).

Le même soir, ayant retrouvé son aplomb, mais très dubitative sur la valeur du tapis acheté, même si les Genevois avaient payé le leur plus cher, Aurélie en parla mine de rien au propriétaire du tabac jouxtant le repaire d'Ali, un jeune homme fort courtois et très élégant, mais capable d'exprimer la plus grande indignation. Au vu de la facture, il leva les bras et les yeux au ciel, prenant ce dernier à témoin qu'Ali était le plus grand des forbans. Et d'extraire du tiroir de son bureau des *Noticias breves* par lesquelles les services tunisiens mettaient en garde, en espagnol on l'a vu, les touristes contre ce genre d'aventure. Il en apparaissait que l'objet de ce qui devint un litige avait été payé le double de sa valeur. — Venez demain pour vivre un événement unique dans un village proche d'ici : un mariage traditionnel. Puis nous irons voir une vraie fabrique de tapis ! Ce défenseur zélé du folklore régional plantait dans nos yeux un regard d'une telle intensité que nous faillîmes nous embarquer à sa suite dans une nouvelle aventure. Un instant, le deuxième tapis montra un bout d'oreille redoutable, mais, comme on fait pour une porte d'ascenseur, je me mis entre Aurélie et le marchand pour couper l'onde dangereuse établie entre eux.

Ouf ! Je croyais être au bout de mes peines, mais je me

trompais. Au lieu de prendre avec humour le fait d'avoir été volé, je me laissai gagner par la conscience de ma naïveté, Aurélie de son côté ayant chassé de son esprit cet épisode peu glorieux de notre expérience insulaire. Au cours de nos déplacements ultérieurs, elle se laissait harponner par les patrons de souks guettant sur leur seuil des victimes à truander. Ils l'appelaient *petite mère*. Comme dans la Russie des tsars, lui juraient tout ce qu'elle voulait sur la tête de leur femme. Ceux qui étaient polygames se gardaient bien de lui dire sur la tête de laquelle de leurs épouses, mais se réjouissaient en voyant s'entasser sur le comptoir les cadeaux qu'Aurélie destinaient à ses enfants, petits-enfants, bru, gendre, sœurs et amies. Souvent, le soir venait en maraudeur, d'abord légère buée autour des lampes allumées trop tôt, puis prenant de la consistance. Le goût de la mer encore aux lèvres, nous plongions dans un automne magique, embaumé par l'odeur des moutons grillés en plein air.

A la plage, des touristes allemands mesuraient chaque matin, avec un thermomètre sophistiqué, les progrès du refroidissement de l'eau et nous l'annonçaient doctoralement. Elle perdait un degré par jour, mais au-dessus de 20°, cela compte moins qu'au-dessous. Les palmiers étaient chargés de dattes encore vertes. Des chameliers en djellabah se croisaient sur l'azur de la mer. Je suivais, entre des cailloux, des chemins sablonneux d'accès à des eaux plus profondes pour y nager et faire royalement la planche.

Royalement ? Ce l'eût été, ne fut-ce le regret lancinant d'être tombé dans le panneau de cette mise en scène de marchands de tapis pour touristes demeurés. Je ne sais trop pourquoi, il me fallait laver l'outrage. J'aurais dû en rire et me gausser de moi, tout en admirant l'astuce de nos hôtes et leur goût pour le cérémonial. Mais, vous le savez, l'éducation dans nos républiques ne nous incline pas à une telle vision des choses. Il faut toujours être gagnant.

Cédant à cette démangeaison, je commis l'erreur de conter notre mésaventure à celui qui semblait être le plus haut dignitaire de l'escouade de la réception de l'hôtel. Quelle imprudence ! Quelle aveugle confiance ! Il se retenait de clamer « quelle rare naïveté », mais ses yeux le disaient tout haut. Comment n'avais-je pas pensé à lui en parler d'abord. L'hôtel est en liaison directe avec un négociant en gros qui, lui-même, a la représentation exclusive de tous les meilleurs producteurs de tapis de l'île. Les dieux étant avec nous, ils avaient encore le pouvoir de défaire ce qui était fait en reprenant les choses à zéro. Qu'on se tienne prêt demain matin sur le coup de dix heures. On viendrait nous prendre à l'hôtel, cette fois-ci au grand jour. Après, on lui en donnerait des nouvelles !

De tous ceux auxquels nous avions eu à faire jusque là, le ruffian qui vint nous quérir le lendemain, au vu de tous, était le plus inquiétant. Tandis qu'il nous conduisait dans sa guimbarde qui n'avait manifestement plus subi le moindre service depuis belle lurette, sa seule vue me donnait des frissons. Tenant plus du corsaire que de l'honnête marchand, il aurait provoqué la fuite instantanée du touriste le plus inexpérimenté. Mais nous étions, une fois de plus, embarqués dans une aventure sans issue. Aurélie, persuadée des effets bénéfiques de la gentillesse sur les plus coriaces des humains, dépensait des trésors de séduction. A l'hôtel, expliquait-elle, la garantie nous avait été donnée qu'il s'occuperait d'annuler le contrat précédent.

Ce qu'il fit se borna, une fois dans Houmt Souk, à nous arrêter avec des airs de conspirateur à quelques encablures du Mini Souk de sinistre mémoire, nous expliquant que nous devions y déclarer péremptoirement notre décision d'annuler le contrat. Lui se contenterait d'attendre ici notre retour. Sa crainte de la bande rivale, probablement alimentée par des souvenirs sanglants, semblait telle qu'il ne souhaitait rien moins que se faire remarquer en notre compagnie.

Les deux mêmes cerbères, manifestement moins bien disposés à notre égard, semblaient nous attendre à la porte du souk. Ali devait avoir actionné le tam-tam de la brousse. Nous hésitâmes à leur emboîter le pas pour monter l'escalier, mais le moyen de faire autrement ? Ils n'étaient cependant que des enfants de chœur à côté de celui qui tenait tout l'espace de la petite pièce dans laquelle on nous introduisit. A côté de lui, Ali ben Ali quelque chose se tortillait sur une chaise, essayant de nous persuader que nous avions fait le bon choix mais que, comme il nous l'avait déjà dit, nous pouvions nous raviser, ce qui serait une erreur, mais que... Celui qui doit être le grand chef redoutable régnant dans les profondeurs du souk leva impérieusement sa main droite. Ali disparut presque à notre vue. Qu'est-ce qui ne va pas ? demanda l'empereur. Eh bien, nous avons acheté ici un tapis qui, selon les *Noticias breves* du ministère... — Foutaise ! trancha le Grand Stroumpf. Il se leva, comme une montagne. Nous nous levâmes aussi, contemplant son sommet vertigineux.

Nous n'avions aucune chance, conscients que nous étions de l'avalanche que déclencherait la rupture du contrat, à supposer que nous pousserions l'audace jusqu'à la formuler. Il siffla dans ses doigts, provoquant la réapparition du comptable alibabauesque et lui enjoignit d'examiner « le meilleur rabais possible de mémoire d'homme ». Dans son antre, cet homme lige transforma sans commentaire autre qu'un soupir, le 5 des 2500 francs en un 2.

Il fallait retrouver, dans les dédales de la casbah, notre dernier garde du corps en date. Il nous fit monter furtivement dans sa voiture pour nous mener, non loin de là, dans son propre souk déjà très animé. C'était une enfilade de pièces toutes bondées de tapis de la laine de millions de moutons, tissée par des milliers de femmes laissant courir leurs mains sur le métier en pensant à autre chose.

Les indications d'Aurélie, comme on fait dans certains jeux, tendaient à amener le marchand à nous montrer un tapis ressemblant à celui que nous avions acheté, et si possible le même. Ce miracle se produisit. Mêmes dimensions. Mêmes couleurs. Mêmes motifs. Et probablement le même fournisseur. Le prix en était audacieusement plus élevé, justifiant notre décision de prendre au plus vite la tangente.

A l'hôtel, la réception nous battit froid le reste du séjour, sous la forme d'une obséquiosité contrastant avec l'aménité des premiers jours. Mais nous n'en avions cure, tout à la soif d'emmagasiner du soleil pour l'hiver qui nous attendait presque au retour et enrichis d'une connaissance profonde des filières de vente des tapis insulaires.

Quant au tapis, nous l'avons finalement refusé. Où se

trouve-t-il aujourd'hui ? Nous l'ignorons et n'en savons pas plus sur la localisation du *chèque certifié* établi en notre faveur au montant des arrhes versées. Plusieurs bandes rivales doivent s'en disputer la possession. C'est notre faute. C'est notre très grande faute. Comme je l'ai dit à Aurélie, nous devrions nous montrer plus réservés dans nos contacts humains. Mais elle rit en prétendant que je suis aussi coincé qu'un pasteur anglican. De toute façon, conclut-elle, ce tapis nous en a appris plus sur Djerba que les bouquins que je lis, selon elle, à longueur de journée. Quoi qu'elle en pense, nous aurions bien fait de mettre le nez dans le premier guide de voyage venu. Il s'ouvre par des mises en garde à l'égard de « méthodes de vente non conformes à nos pratiques commerciales ». Qui a parlé de l'art de la litote ? Sûrement pas Aurélie.

PS. Je fais amende honorable. La contre-valeur du « chèque certifié » m'est parvenue en Suisse lors de la correction des épreuves.

HÔTEL LE SOLEIL

On est là. On a échappé aux cohortes aoûtiennes sur les autoroutes italiennes, aux camions qui déboîtent brusquement sans crier gare, aux abrutis qui se croient seuls sur la route et vous font les grands phares pour vous dépasser en trombe.

On est là. On vient de se lever après une nuit réparatrice, de prendre son petit-déjeuner, sur la terrasse, face à la mer. Entre elle et nous, la piscine scintillante et encore déserte. Un jeune christ italien en coton gris y repêche les derniers brindilles avec un filet à papillons. Plus loin, la plage comme une vigne en hiver avec sur le sable ses rangées de petites tables couronnées par un mât-cep. Deux ou trois parasols déjà ouverts signalent des Allemands fanatiques qui en veulent pour leur argent. A la table voisine, des Anglais, arrivés la veille mais déjà rôtis à point. A une autre table, une Italienne solitaire mange délicatement d'adorables petits pains sucrés. Des enfants arrivent avec des sacs de plage et un gros ballon. Aurélie n'a pas encore trouvé à qui parler. Elle examine les possibilités. Le maître d'hôtel, le même que l'année dernière, un petit Napolitain toujours bien sapé, mais qui porte des médailles voyantes à son revers de veston et des lunettes, passe entre les tables pour distribuer et reprendre les menus de la journée. En demi-pension, on choisit le matin pour le soir. C'est très *cool*, comme disent mes petits-enfants. Les filles de service, presque les mêmes que l'année dernière, amènent, remportent, empilent des tas de vaisselle et d'ustensiles, mettent et desservent les tables, secouent des nappes au soleil, débarrassent ce que les petits-déjeuneurs s'obstinent à déposer sur le muret de la terrasse. Actives et graves, généralement petites, elles sont tout de même moins cérémonieuses que le soir.

On est là. Tout est clair. Le ciel est comme un grand œil rond d'oiseau. On voit presque Venise avec ses coupoles dorées. Belgrade est à un jet de pierre, Sarajevo à peine plus loin. C'est la même mer et ce n'est pas injuste que malheur et bonheur se déploient de paire sur ses rives. Le filet du temps est fait de ces contrastes et qui sait ce que demain nous réserve ?

Aurélie sourit, un peu lasse. Notre voyage en Ombrie l'a fatiguée. Avec cette canicule et en plein juillet, on n'a pas idée. Justement, elle est allée chercher les photos avant notre départ. Elle les prend dans son sac, les pose sur la table après avoir dégagé un espace minuscule — ces tables toujours trop petites ! — et commence à les regarder. Elle me les passe au fur et à mesure, me demandant parfois une précision. Perugia, tu es sûr ? Et ça, c'est le Mont Pausillo ? Tu te rappelles, pas un arbre et le soleil de midi ! Et ça, une vue depuis Todi sur la campagne ombrienne. Orvietto ! De la pierre et des toits en éventails de tuiles chaudes. Sansepolcro, la ville de Piero della Francesca. Arezzo. Santa Maria della Pieve. Et la guinguette de la plage de Torricella, sur les bords du lac Trasimène et Turo, sur les traces d'Annibal, son buste gardé dans une salle sombre du Palazzo privato. Mais le marquis glabre nous a ouvert et précédés silencieusement dans une enfilade de pièces hautes où la poussière achève d'annihiler les derniers souvenirs. Panicale, jardin de fraîcheur dans un écrin de pierres torrides. L'office du tourisme n'a pas la clé du théâtre San Sebastiano. Les vigiles en vacances l'ont dans leur poche. St-François partout. Sur les collines bleues, les champs de tournesols, les blés. Et, bien sûr à Assise abordée par la basilique qui porte son nom et qu'un franciscain est en train de dessiner. Vie de St-François par Giotto, « Les noces de St-François avec la pauvreté », « La chasteté », « L'obéissance », « Le triomphe du saint ». Restes de St-François dans la crypte. Et puis le déjeuner à « La Fortezza », les *stingele* et l'*arnada*. San Rufino. Le baptistère où furent aspergés San Francesco et Santa Chiara. A Pérouse bien sûr, la *Galeria nazionale d'arte de l'Umbria*, mais partout des œuvres du Pérugin, de Piero della Francesca, de Cimabue, des vierges à l'enfant émouvantes, celle notamment de Gentile da Fabiano. La *Fontana maggiore* sous cloche, comme un gruyère. Que de *palazzo del capitano del popolo* et de *palazzo communale* ! Tard, le soir, à la nuit presque tombante, les dîners sur la terrasse de l'hôtel *Miralago* à Castiglione del Lago. La flamme vacillante dans les petites ampoules remplies d'huile mélangée au parfum pour éloigner les moustiques. Peu avant vingt-deux heures, ces lucioles se mettent peu à peu à flotter dans une fumée de nuit. Les vins d'Ombrie dilatent les artères. Le sang devient plus lourd, les femmes plus désirables, mais c'est le sommeil qui sera le grand vainqueur. Des centaines de kilomètres en voiture toutes fenêtres ouvertes et les cheveux au vent, ce goût de soleil, de terre et de vent dans la bouche. Partout aussi, des chœurs d'église encombrés d'échafaudages et le regret de ce qu'on ne verra pas et qui soudain devient le plus grand désir. Par contre, le courage manque pour suivre à Tuoro l'itinéraire reconstitué des guerres puniques. La grâce de ces filles d'Ombrie qui nous servent des ravioli à la sauge avec du vin blanc de la région dont la fraîcheur embue les verres, justifie cette défaillance de nos volontés.

On est là. On se détend, laissant descendre en soi ces églises, ces vitraux, ces palazzi, tout ce monde raconté par les peintres, les architectes, les sculpteurs, avec ses anges annonciateurs, ses vierges et cette terre d'Ombrie qui se reflète en eux.

Comme des vaisseaux coulés et des cités enfouies, les choses vues remonteront plus tard, s'intégrant dans les arcanes de la pensée, contribuant à la formation permanente de notre *Weltanschauung* et de notre propre image. A quoi penses-tu ? me demande Aurélie aux yeux aussi profondément bleus que le ciel du moment. Je tente de lui parler du voyage en Ombrie et de notre identité, non sans sombrer dans la confusion. Tu ne peux pas être plus simple ?

L'hôtel Le Soleil a cinq étages. Flanqué, à droite et à gauche, de théories d'hôtels qui semblent aller jusqu'à l'infini, « Le Soleil », quand on le voit de la mer avec ses rangées de balcons en corbeilles, ressemble à une canonnière. Au bord de la mer, précisément, les hommes du *Salvatagio* s'affairent dans la mise à l'eau de leur bateau, après avoir hissé au mât le fanion bleu — baignade en toute sécurité.

Sur la terrasse, la grande bourrée est passée, quoique des couples arrivent encore, les boissons prises à la tirette fumant sur leurs plateaux. Autour de nous, tout est bleu ou blanc. Aurélie qui s'est réveillée tard ne semble pas pressée de quitter la table. Moi, réveillé aux aurores, j'ai vu défiler sur le sable de la berge le petit peuple du matin, chiens indésirables tirant leurs maîtres à hue et à dia, amateurs de *footing*, petits rentiers de fraîche date continuant à être mus par le réflexe du réveil, mères poussant dans leur landau des enfants criards dérangés par la canicule. Au large, un pêcheur à la traîne et un yacht à l'ancre. Sous le ciel encore laiteux, la Méditerranée a des airs de grande mer. Vivre pleinement l'instant. J'arrête le moulin des pensées, je respire comme dans les traités de yoga. Mes yeux deviennent des miroirs où les images défilent aussi neutres que la politique extérieure de la Suisse. Sans ego, presque sans nom, je m'efforce à n'attendre et à ne désirer rien.

Maintenant, la vie s'est pleinement réveillée. De la terrasse, on voit s'ouvrir un à un les parasols et leur ombre s'étirer en diagonale.

On y va ? Aurélie est d'accord. On ramasse les sacs de plage bourrés et, les linges roulés sous les bras, on descend vers le sublime *farniente*, en longeant la piscine, puis tout de suite le sable déjà chaud. A quelle rangée sommes-nous ? Là, affirme Aurélie. Je pense que c'est plutôt là. On se penche pour déchiffrer les numéros de chambres sur des petites plaques métalliques qui pendent sous le plateau des tables. Plus rapide, Aurélie trouve la 520 presque du premier coup. Elle ne triomphe pas trop visiblement de sa supériorité, mais n'en pense pas moins. Nous installons nos vêtements de coton sur les baleines du parasol et nos chaises longues pour jouir le mieux possible de l'ombre.

Allongé presque parallèlement à la ligne d'horizon, je sors du sac « Voyage sans fin » de Chögyam Trungpa, no Sa 48 de la collection *Sagesse* du Seuil que je vais lire voluptueusement, tout en levant de temps à autre les yeux pour regarder sans m'y attacher vraiment les choses bouger autour de nous. Aurélie a déjà établi un pont avec sa voisine autrichienne (elle vient d'apprendre qu'elle est autrichienne), dont la fille et la petite-fille résident un peu plus loin sous un parasol autonome.

L'ESCAPADE EN HAUTE MER

Les deux hommes du *Salvatagio*, un grand avec une casquette de marine bleue et blanche et qui garde toujours son maillot, flanqué d'un petit, poilu comme un macaque, ont jeté l'ancre entre les deux bouées qui marquent les limites absolues de la plage. Bien qu'il aient hissé au mât avant de quitter nos rivages le fanion bleu de toutes les libertés, un petit air a eu l'audace de se lever au large, jetant le trouble dans *il mare liscio come l'olio*. Ce n'est de loin pas la tempête, Dieu merci, mais il faut compter avec une petite mer nerveuse et sèche.

D'où tombe le trio peu banal, transportant un grand bateau de caoutchouc, dont j'observe, au-dessus de la ligne de mes lunettes demi-lune, la progression vers la mer à la manière des crabes ? La question est difficile, tant les indices se révèlent hétéroclites. L'homme, en effet, presque aussi large que haut, pouvait venir d'Israël encore qu'il eût été téméraire de tirer cette conclusion de sa barbe et de ses yeux noirs de jais, mais aussi bien nous arriver des côtes marseillaises, son maillot rayé horizontalement le faisant sortir tout droit d'un album de Dubout. Mais que dire de son chapeau de paille façon Maurice Chevalier ? Et quant à son appareil de photo, soigneusement tenu dans un sac en plastique, qu'il fût de fabrication allemande ou japonaise n'apportait, on en conviendra, aucun éclaircissement. La femme, petite aussi et mauricaude, faisait pencher pour une région de langue d'oïl. L'enfant, enfin, pâle et malingre, portait des lunettes aux verres ronds.

On voyait tout de suite que c'était leur premier jour de plage et qu'ils comptaient en tirer parti. Dans sa toilette d'interne de collège religieux, contrastant avec les seins nus de quelques naïades libérées, la femme regagne son parasol après avoir aidé jusqu'au bout à la mise à l'eau du bateau.

Et vogue la galère sur la mer aigrelette ! A la première tentative de monter à bord, le père ou supposé tel, après avoir heureusement pris le soin d'y déposer sa progéniture et son appareil de photo, tombe à l'eau, son chapeau de paille flottant à la surface, sans doute pour indiquer la position de son immersion. Rien de la manœuvre n'a été perçu par les hommes du *Salvatagio*. On est en droit de se demander, en passant, ce que font ces deux hommes pour tuer le temps de toute une journée, étant donné qu'ils embarquent le manger et le boire, mais apparemment pas la plus traître ligne de lecture. Sont-ils si accaparés par la surveillance de leur portion de plage qu'ils n'aient pas un instant à eux ? Entré moi-même dans l'eau et nageant vers le large, j'observe bien que d'autres baigneurs s'approchent à grandes brasses de leur *motoscafo* et échangent avec eux des signes d'amicale connivence. De sa place, Aurélie n'en use-t-elle pas de même à mon égard à ce moment précis ? Parfois, il me plaît d'imaginer que je suis l'un de ces hommes de mer faisant corps avec son environnement liquide, libre de toute préoccupation métaphysique. Etre. Regarder les choses telles qu'elles sont. A midi, sortir sa gamelle et son vin. Laissent-ils tremper la bouteille dans l'eau au bout d'une ficelle ? Aurélie à qui j'ai posé cette question m'a rappelé que je suis une sorte d'homme des cavernes. Tu retardes, m'a-t-elle assuré. Leur vin est dans une glacière. Ils le servent froid, comme le Cabernet du bistrot du coin que tu trouves si bon. Passons. Mais on ne peut manger pendant toute la journée. Peut-être jouent-ils aux cartes ou font-ils la sieste, à tour de rôle, ou même les deux ensemble ? Allez savoir.

Voilà que le bateau, finalement monté par père et fils, passe à quelques centimètres de mes mains étirées à l'apogée d'une brasse très réussie. Le chapeau de paille est sur la tête du père. Le fils tient serré entre ses genoux l'appareil de photo dans sa protection de plastique. Soudain, l'une des rames minuscules échappe de la main du nautonier et flotte dans le sillage de l'esquif. N'écoutant que mon courage et mon désir de servir, je me précipite pour saisir l'objet fugitif et le ramener en nageant à son légitime propriétaire à qui je dis dans un anglais approximatif, pourquoi diable en anglais ?, *You have lost the most important part of your boat !* Cette simple phrase provoque l'ire du nautonier. Aurais-je violé son intimité qu'il n'eût pas paru plus furieux. Effet de la langue anglaise ou de mon immixtion dans son domaine privé, allez savoir ! Marquant à mon égard un mouvement de recul, il s'éloigne déjà à l'aide de la rame restituée en murmurant une suite de mots dans lesquels je crois reconnaître *amora.*

Doutant qu'il voulût me parler d'amour et ne connaissant d'*amora* que la moutarde de Dijon, je pense avoir mal entendu ou mal interprété le message. N'étant manifestement pas Italien, mon interlocuteur est-il éventuellement musulman et s'est-il borné à invoquer le nom du prophète ?

Tout à mes réflexions, je ne me rendis pas compte de la dérive du bateau. Emporté par quelque mystérieux courant et passant entre les mailles du filet des vigiles du *Salvatagio*, il voguait vers la haute mer à la grande frayeur de ses occupants impuissants. Du moins, je le suppose rétrospectivement puisque, dans ce moment, ils avaient échappé corps et biens à mes préoccupations.

L'eau était si bonne. Je m'y sentais non seulement rafraîchi, mais régénéré. Mon plus grand plaisir consistait à nager sur le dos avec de petits mouvements, en ne voyant plus que le ciel, immense, au-dessus de moi. Dans ce cas, il faut éprouver profondément l'absence de pesanteur et la parfaite connivence avec l'élément liquide, certes, mais qui s'étend à l'espace aérien où s'inscrivaient les moulinets de mes bras. Plus lourde et plus lente, la terre fondatrice paraît bien lointaine, territoire de contrainte quand, ici, tout est liberté du pur mouvement.

Aurélie ne se baigne que rarement et avec toute sorte de préalables : eau chaude, bonne digestion, absence de vagues, état d'esprit propice et j'en oublie. Elle demeurait sur la terre ferme, un peu inquiète, elle me le dira plus tard.

L'agrément de la baignade se trouvait considérablement renforcé chaque fois qu'entendant à mes côtés l'eau brassée je découvrais, en tournant la tête, une nageuse à la foulée sportive. Il s'agissait plus souvent d'Allemandes ou de Suédoises que d'Italiennes, qu'on trouvait plus facilement en train d'offrir sur le môle leurs avantages naturels au soleil.

Tout un remue-ménage autour de moi me tira de ma béatitude. Des gens s'interpellaient, cherchant autour d'eux la cause d'une inquiétude diffuse. J'aperçus sur la rive la femme qui avait quitté son parasol et réalisai qu'elle hurlait « au secours », et puis « help », « help ». Mais personne ne semblait comprendre pourquoi, même les deux types du *Salvatagio*. Finalement, le message ayant dû passer de bouche à oreille, il se fit clair que le bateau étranger avait disparu avec ses deux occupants. Ayant en vain scruté la surface de la mer, la femme se mourait d'angoisse.

Le message ayant dû parvenir au *motoscafo*, on entendit soudain vrombir le moteur, tandis que l'un des sauveteurs fermait le parasol de bord. L'ancre ayant été retirée, il fonça vers le large jusqu'à n'être plus qu'un point à l'horizon.

Qu'on imagine les gorges soudain nouées et les regards tournés vers ce point qui s'éloignait si rapidement qu'il fallut bientôt le deviner. Ô temps, suspens ton vol ! Il sembla répondre à cette injonction, tant le moment de voir réapparaître ce point se fit attendre. Il grossissait péniblement, beaucoup moins vite qu'il n'avait fait pour disparaître. Quelqu'un, certainement doué d'une vue exceptionnelle cria « il n'est pas seul », mais quelques minutes passèrent encore qui lui donnèrent raison.

Peu après, on vit plus distinctement le *Salvatagio* dans la plénitude de sa tâche : il remorquait le bateau arraché à sa fatale dérive. On sentit les poitrines se soulever d'aise, déchargées d'un grand poids. Les deux navigateurs imprudents, les maillots trempés collés au corps, recueillis par les sauveteurs et tout recroquevilés, faisaient bien piteuse mine.

L'arrivée à terre fut très digne. Après de courtes embrassades, les héros de cette escapade s'esquivèrent rapidement. Le soir, en tenue d'apparat et mal remis de leurs émotions, ils erraient tous trois dans les salons, se blotissant parfois au fond de profonds canapés pour se photographier mutuellement avec l'appareil miraculeusement préservé.

On ne sut jamais d'où ils venaient, mais chacun les connaissait pour avoir partagé avec eux le grand frisson de l'escapade en haute mer.

LA BORSETTA

La petite ville de Jesolo — du même nom que la plage et située à un jet de pierre de celle-ci — ne pouvait manquer d'attirer Aurélie. Le marché surtout excitait sa curiosité. Elle eut vite fait de se renseigner sur les lieu, jour et heure auxquels il s'y tenait, ainsi que sur les moyens de s'y rendre.

Après notre corrida ombrienne motorisée, nous avions, en effet, décidé de laisser la voiture dans le parc de l'hôtel « Le Soleil » et de ne la reprendre qu'au moment du départ. Au surplus, nous avions renoncé en esprit d'opérer des visites, guidées ou non, à l'intérieur des terres. Notre état de fatigue justifiait ces sages résolutions, même si notre désir d'améliorer notre bagage culturel devait en pâtir. La tentation d'Aurélie y pratiqua une brèche.

Elle avait en tête l'idée d'acheter un sac à main. Elle en connaissait déjà la destinataire à qui elle avait promis de le rapporter à son retour. Chose promise, chose due !

Les deux ou trois premiers jours de repos nous avaient presque remis à flot physiquement. Le jour du marché tombait juste après. Il ramena les pendules à zéro en nous replongeant dans l'état vacillant de notre arrivée.

On s'y rendait en bus d'une station proche de l'hôtel, avec un changement en cours de route sur une grande place dont j'ai perdu le nom, véritable plaque tournante régionale. Un mauvais vent soufflait ce matin-là, creusant la mer et poussant dans le ciel des caravanes de nuages chargés. Le drapeau rouge de tous les dangers flottait au mât de la plage et le *Salvatagio* demeurait sous sa bâche. Le sable plus foncé gardait l'empreinte du passage de la pluie nocturne. Quant aux ceps, ils faisaient plus que jamais penser à l'une de nos vignes sous l'épaule d'un ciel menaçant.

A la station, le vent moulait dans leurs vêtements légers des touristes attendant certainement le même bus qui finit par arriver. Au fur et à mesure qu'il avançait, le nombre des divers idiomes parlés à bord augmentait irrésistiblement. Aurélie et moi, nous en reconnaissions quelques uns, mais des mouvements de ses sourcils signalaient ceux qui lui échappaient. Le nombre de gens venus d'horizons différents qui peuvent se trouver au même endroit ! L'Italie doit en tenir le record, avec les chutes du Niagara et les pyramides.

La place-au-nom-perdu ressemblait à la Concorde un jour de grève des transports publics. Les mères serraient leurs enfants. Avec l'aide de leurs guides, des touristes s'évertuent à demander en italien le numéro du bus *per il mercato* à un agent de la régie fringué comme un amiral à la Clark Gable. Séduite par sa prestance, Aurélie lui demande si *viene il bel tempo oggi ?* Il sourit à l'idée que le prestige de l'uniforme lui confère des pouvoirs météorologiques. Après tout, « Le Figaro » confiait bien un billet politique à François Mauriac ! Mais l'important, c'est de pouvoir parler du temps à une *Signora* comme Aurélie, si belle, distinguée et tout et de lui dire que le ciel va retrouver bientôt la couleur de ses yeux. *Domani o doppo domani*... Tout en parlant, l'amiral des bus indique de la main la place où va arriver celui du *mercato.*

Il a fini par arriver, suivi heureusement par deux autres. Et quand on eut enfourné tout le monde, ils partirent tous trois par des rues bordées par des rangées de pins maritimes, de stations-service et de petites maisons familiales pêle-mêle. L'art de rendre hideux une terre et un paysage qui ne retrouvaient leur beauté qu'au-delà d'un certain périmètre. Sans être de ceux qui fustigent le développement, on ne peut échapper au choix que proposent les villes italiennes entre l'ancien et le nouveau qu'elles ont dû se résoudre à faire cohabiter. Il suffit de suivre le parcours du combattant qui mène de leur périphérie hideuse à leur cœur antique dont nous contribuons de plus en plus à faire des musées morts !

On arrive sur une grande place banale. Tout le monde descend. On suit le flot et tout de suite le *mercato* s'étend devant nous, serti dans l'une de ces places toutes en longueur, souvent dominées par une statue en pied de Garibaldi. Ici, il se dresse, avec sa tête barbue et conquérante tel qu'il fut entre autres représenté par Vincenzo Vela, au-dessus des bâches tendues sur les étals.

C'est le royaume du cuir dans tous ses états, sacs, vêtements, ceintures, valises. On respire le cuir à plein nez. Son parfum se mêle à ceux des épices, des fruits et légumes, de la viande grillée en plein vent, tout en demeurant toujours une dièse au-dessus, présent dans toutes les senteurs que le vent fait tournoyer. Il faut le dire, on a fait ici une place royale au cuir. Il s'impose dès le premier pas sur le *mercato*, retenant le regard par des dizaines de sacs à main posés sur une enfilade de tables, séparées des chalands par un cordon sanitaire. Mais de marchand, point. Aurélie s'impatiente devant tant de merveilles sans communicateur et menace de tomber en pâmoison quand quelqu'un surgit d'une porte comme Pandore de sa boîte. — Pas de vente ici. Tout ce que vous voyez se trouve sur le *mercato.*

Le vent s'est calmé, arrêtant le manège du ciel. On s'engage dans la première allée qui s'offre, bordée d'échoppes de marchands de sacs. Dans l'une des premières, à main gauche, un sac a retenu l'attention d'Aurélie. Elle le soupèse des mains et du regard, supputant sa qualité et son prix. Flairant une affaire possible, le bellâtre sur le retour de marchand, l'assure que ce sac est tout ce qu'il y a de plus haut de gamme. Si haut que — s'en étonnera-t-on — le prix a suivi la courbe : 400 000 lires italiennes, et c'est donné. Par principe, et certainement par plaisir, Aurélie discute les prix, s'efforçant de les ramener à leur plus bas étiage. L'exercice n'est pas sans péril. Cette fois, elle ne perçoit pas le point critique dans la chute où elle attire le bellâtre. Elle le franchit avec une candeur que lui prend pour une insulte. — Va te faire foutre !, hurle-t-il en lui retirant des mains l'objet convoité.

Ayant suivi la scène du point où je m'étais courageusement replié à distance respectable, il ne me reste plus qu'à faire signe à Aurélie, à l'accueillir pour panser la plaie. Le mufle ! lâche-t-elle entre ses dents. C'est en pure perte que je lui conseille, à défaut de plus de discrétion, plus de prudence. Est-il besoin de lui rappeler que nombre de fous sont en liberté, chauffards, désaxés sexuels, nymphomanes, escrocs de tout acabit, sans compter les marchands irascibles. En pure perte, puisqu'elle se précipite dans la boutique suivante et qu'elle y engage incontinent le cérémonial du marchandage pour le nouvel objet élu. Son possesseur, commerçant replet et avenant, paraît de meilleure composition que l'affreux bellâtre. Il a enregistré sans panique la chute du prix initial de 320 000 Lit. jusqu'à 200 000. Aurélie va-t-elle s'arrêter ? Pas du tout. Elle paiera 180 000 lires et pas un sou de plus. L'honnête commerçant la considère avec une sorte d'étonnement presque admiratif. Pour ma part, j'ai toujours déploré qu'Aurélie ne fût pas dans les affaires. Sa fortune y eût été assurée et, pour moi, plus de loisirs. Enfin... 200 000 rétorque l'homme de métier, pas un sou de moins. Et c'est à perte, pour vous faire une fleur. 180 000 réitère Aurélie avec hauteur. 200 000 ! — 180 ! Elle ne dit plus mille, pour gagner du temps. 200 ! 180 ! A chaque fois, le sac passe de l'un à l'autre. Au moment d'opérer une retraite stratégique, j'assiste à la reddition du marchand. Lentement, il enfouit le corps du litige dans un sac de plastique et le tend à Aurélie avec lassitude. Elle enregistre sa victoire avec une modestie de circonstance, paie et m'entraîne à sa suite vers d'autres aventures.

Las des cuirs, nous allons rafraîchir notre regard vers les stands alimentaires. Une pure merveille. Nulle part ailleurs ne se trouvent réunis autant d'espèces, de couleurs, de formes, de saveurs différentes, lieu de rassemblement des abeilles et des guêpes de toute la Vénétie. Où que les yeux se dirigent, ce ne sont que raisin, poires, pommes, prunes géantes, figues aux entrailles cardinalices, pastèques mappemondesques aubergines de jais, salades pommées, radis, raves et artichauts, poireaux, oignons, plus toutes sortes de graines, le tout débité par des maraîchers, horticulteurs et grainiers dont les camionnettes suivent l'itinéraire des marchés. Sur les mêmes routes, ils doivent rencontrer les fromagers, les escogriffes nonchalants qui semblent ne pas voir les curieux derrières leurs rangées d'habits à vendre. Ils connaissent aussi les jeunes faraudes à la sensualité provocante qui tiennent boutiques de bijoux et de fanfreluches.

Ainsi traversions-nous un monde haut en couleurs où chacun se montre tel qu'il est, sans complexes, et parle lestement à hauteur d'entrejambes des choses de la vie. Impossible d'imiter la gouaille de plusieurs ou leur humour grinçant. Ici, pour survivre, il faut avoir les yeux en face des trous et la répartie au couteau. Qui bredouille est la risée de tous. Aurélie voulait acheter de tout. J'eus grand-peine à lui remontrer que, vivant à l'hôtel, nous serions en mal de tout consommer et qu'on ne pouvait espérer que ces denrées tiendraient jusqu'à notre retour à la maison.

A propos d'aliments je voyais consommer à l'envi autour de nous force sandwichs, imaginant, sous les feuilles de salade qui débordaient, gorgonzola, talegio, salami ou mortadelle, quand ce n'étaient pas de merveilleux pâtés. Il y avait de quoi chatouiller l'appétit, d'autant que venait d'alentour le fumet des grils et que les badauds prenaient d'assaut les tables des bistrots de la place.

Aurélie est d'une extrême frugalité et son besoin de boire, pendant la canicule même, avoisine le zéro absolu. A ses yeux, ceux qui éprouvent de tels besoins physiologiques manquent terriblement de grandeur. Au demeurant, elle ne rate aucune occasion de rappeler que ma tendance à l'enveloppement charnel impose d'être freinée. Allais-je tout de même lui suggérer une halte reconstituante ? Quand elle me proposa l'achat de quelques poires, au reste très tentantes, pour moi la cause fut entendue. Au même moment, une petite pluie se mit à tomber qui se transforma vite en averse sérieuse. Une nuée de parapluies se balancèrent en un clin d'œil au-dessus des têtes. Quant à nous, imprévoyants, nous cherchâmes refuge sous la bâche dégoulinante d'une échoppe.

A la première accalmie, nous nous engageâmes sur le chemin du retour, changeant de bus sur la même place-au-nom-perdu. Ô miracle ! Le temps du parcours, par l'un de ces caprices italiens, le temps s'était remis complètement au beau. Un changement dans l'orientation du vent devait y être pour quelque chose. Du coup, la baignade était sauve, même si le fanion rouge flottait toujours au mât.

Sous le parasol, j'éprouvai le même sentiment de sécurisation que lors d'un retour dans mes foyers. Mon tempérament grégaire doit expliquer mon goût pour les territoires bien balisés. Et j'aurais, n'était une certaine propension au luxe, pu être de ces propriétaires heureux d'une « villa ça m'suffit ». Désirer constamment de nouvelles possessions doit être abominablement fatigant. Mais peut-être n'est-ce là qu'une façon de se consoler de ne pas être un Gengis Kan ou un nouveau Charlemagne. Le seul test véritable du désintéressement ne serait-il pas de posséder beaucoup et de se défaire de tout ? Sait-on soi-même de quel bois on est fait ? Rien d'autre à faire que de s'adapter avec les moyens du bord en préservant son petit ego. Survivre sans perdre la face, telle semble être la préoccupation la plus commune.

Aurélie, quant à elle, a inventé une autre voie : être soi-même dans l'instant présent, sans complexe et sans chercher midi à quatorze heures. Sans peur et sans reproche, elle affronte la réalité en direct, retroussant ses manches chaque fois que de besoin. A peine étions-nous installés sous notre parasol que, jamais rassasiée de *shoping*, elle se dirige déjà vers la plage et ses éventaires bariolés. Je la cherche des yeux à contre-jour. Impossible. On ne voit qu'un attroupement indistinct assez loin sur le sable. Plus près, le tricycle à glaces et à boissons fraîches arrive presque silencieusement. De part et d'autres du timon, les deux sœurs *Graziella.* Je leur donne mentalement ce prénom unique parce qu'elles se ressemblent avec leurs cheveux blonds et leurs jupes courtes. Vers elles convergent les amateurs de glaces et de boissons. Elles plaisantent, mais les yeux sur le tiroir-caisse, plus soucieuses de vente que de compliments. Sœurs jumelles ? Mère et fille ? Difficile à dire tant elles s'égalent en fraîcheur et en langue bien pendue.

Là-bas, Aurélie doit marchander robes, tabliers de cuisine et gants de cuisson avec l'un de ces marchands blagueurs aux réparties fulgurantes. La brise remue dans les toiles et dans les rangées de miroirs à alouettes. Matrones et jeunes femmes éprouvent de la main la qualité du lin ou du coton, riant entre elles et s'exclamant sur les prix *molto di piu che sulla piazza !* Le marchand hausse les épaules avec philosophie. Il dit qu'il a la meilleure marchandise de toute la côte, *vai, vai !* Allez voir ailleurs. Vous verrez ce que vous verrez.

Je me replonge dans mon livre. Pas pour longtemps. Aurélie regagne sa base, chargée du butin de son expédition. Je pense à Charles le Téméraire, à cause du *butin* que les Suisses lui ont pris à Morat et Grandson. Je me garde de faire partager mon association d'idées à Aurélie qui prendrait le ciel à témoin de mes divagations. Elle me montre chaque objet âprement disputé, en précise la destinataire. C'est beau ? Ça lui fera plaisir ? Mais dis une fois ce que tu penses ! Trungpa affirme que la sagesse n'a rien à voir avec la spiritualité. Elle passe par la *réalité rugueuse*, comme disait Rimbaud. Voir et comprendre, méditer et résoudre les problèmes avec *les moyens habiles.* J'aurais tort d'assimiler le bonheur à la vision de la mer sous la ligne des parasols. Justement *L'esperanza*, le bateau de promenade s'approche du ponton avec déjà quelques personnes à bord, *Ladies and gentlemen, Meine Damen und Herren, Mesdames et Messieurs*, braille le capitaine dans un porte-voix, tout en enchaînant avec des invitations approximatives dans les langues de Shakespeare, Gœthe et Voltaire à venir faire un tour en mer pour 12 000 lires.

Tiens, revoilà un de ces nègres ! s'exclame Aurélie à qui je rappelle que les nègres sont devenus des Noirs, les sourds des malentendants et les aveugles des malvoyants. Il faut se faire aux mœurs de la société de communication Comme tu veux, mais en revoilà un, insiste Aurélie avec un soupir de soulagement. Depuis le début du séjour, elle s'angoisse à l'idée de la disparition de ces colporteurs clandestins de *Vuitton, Hermès, Yves-Saint-Laurent* et autres *Cartier.* Par police interposée, les authentiques fabricants de ces contrefaçons d'Asie ont livré une lutte acharnée qui commence à porter ses fruits. Aurélie aime frôler le fruit défendu, respirer un petit air de maraude. Et puis, demande-t-elle dans son implacable logique, comment se fait-il que ces gens puissent vendre le même objet des dizaines de fois moins cher ? La jeune femme autrichienne, bru de l'Autrichienne d'âge mûr, notre voisine, passe devant notre parasol, belle fille, grande et bien faite, mais à l'opulente poitrine promettant une généreuse retombée. Sa fille gazouille autour d'elle. *Wie niedlich !* lui dit Aurélie en guise d'entrée en matière. *Nur sieben Jahre, wie gross.* Elle est perturbée, Elle se réjouit de revoir ses autres grands-parents. Gentil pour ceux qui sont ici. Les hommes n'existeraient-ils qu'à travers leurs conflits ?

A son tour, le Noir s'arrête à notre hauteur, de merveilleux linges de bain sur l'épaule. Quel est le fluide d'Aurélie qui les attire comme le miel les mouches ? Ils passent tout droit devant les autres femmes, mais s'arrêtent immanquablement à notre hauteur. Merci, merci. Nous sommes bien lotis en linges de bain bariolés. Mais quelle tentation ! Elle résiste, Dieu soit loué. Mais voilà un Japonais habillé comme Fred Astaire à l'époque où il faisait des claquettes. Il extirpe de sa valise, très élégamment, des machines à coudre modèle réduit. Il porte des souliers vernis noir et blanc, un nœud papillon qui bouge sur sa glotte quand il sourit. Il a foncé droit sur Aurélie. Pourquoi ? Pourquoi ? Un grand mystère.

Je vais me baigner. Après le sable brûlant, l'eau merveilleuse. Et des vagues en rouleaux du plus bel effet. Je vais au-delà de la rangée la plus avancée de ceux qui rient en sautant à chaque passage des paquets d'eau. Moment de joie sauvage. Communion avec les éléments en mouvement. Pas de *Salvatagio* en vue. Dans leur logique, ses deux servants n'ont rien à faire en mer quand le fanion rouge est au mât. Que les imprudents se le disent. Une grosse vague me submerge, puis de l'eau me sort de la bouche, du nez et des oreilles. Je tente de nager sur le dos, mais l'univers bascule comme si j'étais embarqué sur un manège fou. Entre des hoquets, la plage, l'hôtel, le ciel et ses nuages tournoient devant mes yeux. Je suffoque. Je suis roulé sur le sable. Je me redresse et prends une grande baffe d'eau salée en pleine gueule. Robinson Crusoë ne devait pas éprouver un plus fort sentiment de retour à la nature.

Pour revenir, je nage le plus loin possible vers la rive et reprends pied en titubant, de l'eau jusqu'aux chevilles. En me voyant à bout de souffle, Aurélie hausse les épaules. Dieu merci, elle n'est pas d'humeur à s'attarder sur mes enfantillages. Ses deux sœurs qui nous rejoignent devraient être là depuis longtemps. Les stores de leur chambre, à côté de la nôtre, demeurent désespérément baissés.

Je n'en crois pas mes yeux : les deux navigateurs, père et fils, à la nationalité non identifiée, sont en train de mettre leur canot à l'eau. Les vagues le cabrent comme un cheval récalcitrant, menaçant de jeter par-dessus bord le rejeton du misanthrope probablement proche-oriental, lequel tient à la main le précieux appareil de photo enrobé de plastique. Et que j'essaie de monter à bord ! Et que je retombe à l'eau ! Et que je recommence jusqu'à finalement, ô victoire, rétablir un précaire équilibre après de dangereux balancements ! Et vogue la galère chevauchée par ses deux conquérants de la toison d'or aux chemises — ils ne les retirent jamais — étroitement moulantes. Au loin, la mer fait miroiter ses écailles de lumière. Je vois tourner comme les ailes d'un moulin les bras de la Nordique au crawl puissant.

La voiture des *Graziella* fait sa deuxième apparition, toutes voiles claquantes. Elles sont là ! crie Aurélie qui a vu s'ouvrir les persiennes de la chambre des deux sœurs attendues. On se précipite. Elles sont là, affalées devant leurs valises ouvertes, pâles et défaites, les bras ballants, aussi désemparées que les Troyennes au soir de la défaite. On n'écoute de nos jours pas plus *Bison futé* que Cassandre à l'époque. Malgré l'oracle, les deux sœurs ont pris la route un samedi et connu le tourment de la soif dans les bouchons du Gothard et la ceinture de Milan, frisé l'insolation, frôlé les catastrophes programmées par des fous du volant. On leur commande à boire. On leur tend des serviettes rafraîchissantes, vestiges de voyages en avion ou d'entrées de crustacés. On a envie de leur dire qu'on leur avait bien dit de ne pas, mais zut pas le moment de leur retourner le couteau dans la plaie.

Tout est bien qui finit bien. Elles sont à l'hôtel. Alentour, chaque chose est à sa place, terrasse, piscine, plage, mer. Déjà comme une légère brume dans l'air et des lampes qui s'allument ici et là, comme les premières bulles sur une eau à bouillir ou des jeunes filles venues trop tôt au bal des débutantes. Déjà, l'idée du dîner revigore les cœurs. On pense à ce qu'on va mettre, on choisit mentalement les hors-d'œuvre du buffet. Les sœurs demandent si on est à la même table. Laquelle ? Les voisins ?

Des riens. Des choses sans poids, sans lendemain. Sinon qu'on se lèvera et qu'on prendra le petit-déjeuner sur la terrasse, puis que la journée se tiendra devant nous comme un livre ouvert où nous écrivons notre histoire en la lisant. Rien ne pourra retenir le temps de tourner, mais en moi, dans je ne sais quelle faille, s'insinue une sorte de non-temps immobile, comme si les choses se défaisaient en se faisant ou se faisaient en se défaisant. De toute façon, où qu'on se tourne, il n'y a pas d'espoir et même pas l'espoir que l'absence d'espoir nous soit comptée comme espérance.

LES GÊNEURS

Je ne me lasse pas de laisser courir mon regard sur la plage. Où que je le tourne, c'est toujours la même vision : des vignes d'hiver au strict alignement des ceps, mais qui dérapant des collines se seraient arrêtées sur le sable au bord de la mer. Au large passe la barque d'un pêcheur. Le soleil hisse lentement son disque au-dessus de l'horizon. Vide de toute pensée, je laisse le paysage s'installer en moi et y prendre ses aises. Il ne s'en prive pas. Après tout, ce grand vide existentiel meublé de petits riens ne fait-il pas le charme des séjours balnéaires ? Ajoutons-y celui des amours et rencontres éphémères et l'on saisit l'effet bénéfique de cette plongée dans le néant.

Aurélie dort comme consciente de la nécessité de capitaliser chaque seconde de son sommeil profond. Les deux sœurs doivent en faire autant dans la chambre voisine, occupées à réparer les outrages du voyage. Et moi, seule vigie de l'aube, j'observe du balcon la remise en marche de la vie. Sur la terrasse, les filles commencent à étendre les nappes sur les tables. Sous les espèces d'un christ longiforme réincarné, Neptune plonge son filet dans la piscine. Sans veste et sans son bloc-notes, le maître d'hôtel fait une brève apparition puis se laisse happer par les profondeurs encore sombres de l'hôtel.

Mais quel est brusquement ce charivari ? *« C'était alors un charivari, pareil à celui que l'on fait, le soir de leurs noces, aux veuves qui se remarient »* (Barrès, cité par le « Petit Robert »). Tapage. Tumulte, Vacarme. C'est samedi. Les gêneurs débarquent en conquérants pour occuper la plage durant le week-end. Klaxons, portes claquées, interpellations, rires, voix haute des femmes, ils s'en donnent à cœur joie. Ils sont là. *Dîtes au roi votre maître que nous sommes ici par la volonté du peuple !* Déjà, ils s'avancent vers la mer, déployant leur barda, rejoignant des groupes qui, vraisemblablement sortis d'un cheval de Troie, ont procédé à une occupation nocturne.

Maintenant, le soleil darde, comme on dit, ses rayons sur le champ de bataille. Ce n'est pas Solférino, mais un bivouac d'où s'élèvent des colonnes de fumée. Les cantinières sont en monokini, les seins modelés par la lumière oblique comme des victoires de Samothrace, tandis que les grognards efflanqués commencent à jouer au foot. La belle ordonnance des toiles en bleu-blanc est agressée par le rouge révolutionnaire, le vert espérance et le jaune solaire des parasols des intrus qui se remarient non pas avec des veuves, mais avec un espace qui leur appartient de droit divin.

Gommés, les touristes aux accents plus ou moins barbares. L'Italie de Byron et de Stendhal aux gémonies. Place au peuple de l'Italie profonde, sec et musclé, authentique comme un *merlot del Piave*, sombre et rocailleux, avec dans tout ce brun de peau et ce noir pileux la surprise des Vénitiennes blondes au teint rosé inventées par le Titien. Pendant deux jours, on va vivre autre chose que les va-et-vient entre hôtel et plage, entre salon et salle à manger. On va voir autre chose que le menu ou les cartes routières. Un peuple heureux et sans complexe.

Déjà des stores métalliques se relèvent et apparaissent aux fenêtres les premiers touristes échevelés, attirés par ce remue-ménage. Les habitués savent tout de suite de quoi il retourne. Samedi, se disent-ils entrent eux. Ils iront à Venise ou dans l'arrière-pays pour ne pas se mêler au menu fretin de la plage, sauf les belles étrangères esseulées qui se demandent « Qui sait ? » en se fiant à la réputation des Italiens.

Demi-nues, des naïades sont étendues sur la jetée, formant une étoile de mer géante, encore ignorées par des don Juan superbement indifférents. Ce n'est pas encore l'heure de l'amour qui viendra à son heure.

Vient le moment du petit-déjeuner. Café et lait pris à la tirette, mais étonnamment bon. La terrasse se peuple tandis que le soleil monte. Dans les conversations, l'allemand domine, mais on entend aussi le français et l'anglais *mezzo voce*. L'italien ricoche entre les autres idiomes, cristallin. Mais on reconnaît sans les entendre ceux qui le parlent à leur élégance et à leur façon raffinée de manger des douceurs délicatement tenues dans des serviettes de papier à dentelles. J'écoute en rêvassant Aurélie échanger avec ses deux sœurs des propos sur la qualité de leur sommeil, la chance d'être au bord de la mer, dans un endroit si parfait. Remises des émois de la route, les deux sœurs sourient aux anges. La contemplation des pins maritimes qui ombragent le jardin, en contrebas, m'amène à me représenter les rues de la petite ville qu'ils bordent avec tant de gaîté. J'adore ces lieux estivaux, leurs boutiques de frivolités, leurs étalages qui sentent le cuir, leurs magasins d'articles de plage, les bijoux d'or quatorze carats, leurs cravates à quatre sous, l'alignement des gargotes à pizza et à pâtes en tout genre, arrosées de gros rouge servi très frais. Touriste des plus conventionnels, j'aime à déambuler entre chien et loup dans une cohue qui me porte comme la vague.

« Tu m'écoutes ? » questionne Aurélie. Non. Je m'excuse en reportant la plus grande attention dont je suis capable sur ses yeux qu'elle a bleus comme personne et si grands ! On la jurerait romantique, héritière des héroïnes de la littérature du XIXe siècle. Les hommes se trompent toujours en cette sorte de choses. Se feront-ils jamais à l'idée qu'il n'est pas de femme qui n'ait pas les pieds sur la terre ?

« Si on allait à Venise aujourd'hui ? ». Est-ce bien une question ? Les questions d'Aurélie ressemblent à des affirmations péremptoires. Mais j'aime bien l'idée d'aller à Venise par cette journée qui s'annonce chaude. On prendra d'abord le bus, puis le bateau, pour admirer la sérénissime et ses tours dorées en la surprenant par l'est. Le ticket vaut pour tous les vaporetti. On passera de l'un à l'autre, de San Marco à San Giorgio, puis on suivra la Giudecca. On escaladera des tours. On se perdra dans le dédale des ruelles, cherchant notre chemin de retour en repérant des places qui se ressemblent. On rentrera fourbus, les pieds et les chevilles gonflés, après tous les transbordements de la journée, mais les yeux pleins des merveilles qui furent le cadre de vie d'une civilisation vivante, avant de devenir une sorte de musée géant. Je ne demanderai pas quels vestiges de notre temps attireront les touristes du futur. Voués à la déambulation culturelle, luxe d'une période prospère, pourquoi nous inquiéterions-nous de l'avenir. Toute l'intelligentsia du XIXe siècle n'a-t-elle pas pérégriné déjà vers l'Italie ?

Aurélie se détourne, pour mettre au point le programme de la journée, les expositions à voir, les emplettes à faire, même si Venise est si chère. Le bateau de croisière s'accote au ponton de la plage, tandis que l'un des hommes d'équipage fait par haut-parleur son baratin plurilingue. Le départ dans dix minutes. Est-ce ce qui induit le mot *urgence* dans ma rêverie remise en marche. Où est l'urgence ? Ailleurs, on peut se donner l'illusion de l'urgence. Tant de choses à faire, tant d'échéances à ne pas manquer. Le percepteur. Les rendez-vous. La stratégie de nos désirs à réaliser. Les anniversaires à ne pas manquer. Les lettres de condoléances à écrire. Toute la gesticulation du quotidien. Mais ici ? Tout ce qu'on possède tient dans une valise et on n'a pas emmené d'agenda. La journée s'articule au rythme fixé par l'hôtel. Petit-déjeuner entre 7 heures et 10 heures. Dîner servi de 19 h. 30 à 21 heures. Nous sommes de ceux qui s'agglutinent le soir devant la porte encore fermée de la salle à manger et qui regardent à tout moment leur montre. Plus que trois minutes. Plus que deux. Et puis, les grandes lumières s'allument dans la salle soudain nue comme une femme surprise au sortir de son bain. Le maître d'hôtel s'affaire au milieu de la nuée des serveuses. L'une d'entre elles s'avance vers la porte et se baisse pour en dégager l'arrêt. Le buffet est pris d'assaut. Crevettes et gambas partent en premier, à moins qu'il y ait du homard par extraordinaire. Les queues qui commencent aux deux extrémités se téléscopent au centre, comme en politique. L'éducation se juge au contenu de l'assiette, encore que le peu puisse être autant un signe de distinction que l'indice d'un estomac fragile. Aurélie déteste que l'on fasse des manières. Prendre ce dont on a envie et tant pis pour les chichiteurs. Quand je dis qu'elle est bien installée dans la réalité !

L'urgence dans tout cela ? Il n'y en a pas d'autre que la

satisfaction des besoins les plus élémentaires de la vie la plus terre-à-terre. Le vide, quoi ! La déroute de l'ego. Le vertige de n'être rien qu'une sorte d'algue portée par le courant, une onde intermittente. La brusque vision d'un tapis géant qui se fait et se défait sans cesse avec des mailles tissées avec nos actes et nos pensées les plus secrètes. La vision se dissipe. Etonnement de ma présence dans la présence des autres et des choses. Sur la plage, les sœurs *Graziella* font leur première apparition dans mon champ de vision. Mais d'une tour je pourrais suivre l'ensemble de leur itinéraire cahotant et leurs arrêts successifs sur des portions de plage qui ressemblent à la nôtre, entre deux pontons, avec des gens qui nous ressemblent et leur volent au passage l'éclat d'un sourire ou la courbe d'un sein. Est-ce bien voler puisqu'elles sont prêtes à les donner, sans trop se faire prier, pour peu qu'on leur achète ?

On ne sait rien de ceux qui nous entourent, à part les Autrichiens. Et encore, c'est bien peu, les circonstances n'ayant pas été propices à l'approfondissement des contacts. A la table voisine, une Italienne seule saisit chaque occasion de parler avec ceux qui nous servent. Que peut-elle attendre de l'Hôtel Le Soleil ? Y revient-elle chaque année ? Très bronzée, elle a un nez assez fort et une bouche sensuelle. Et qu'attendent les Nordiques à la quarantaine longiligne et musclée ? Rien peut-être. Dans cet instant de convergence de nos itinéraires, suspendues dans le temps suspendu, elles partagent avec nous le charme d'un séjour balnéaire. Chez elles, elles ramèneront dans leurs bagages un peu du même sable que nous.

L'état d'urgence ? Faire le vide en nous, laisser le paysage s'y inscrire en creux, avec la respiration large de la mer, les cris des baigneurs, les joueurs qui échangent des balles sur le sable, le *Salvatagio* qui se balance au large, plus encerclé de baigneurs qu'à l'accoutumée. Les gêneurs passeront la nuit dans des pensions, sur la plage ou dans leurs voiture, après avoir prolongé la soirée dans les rues et sur les terrasses de la station, traînant leurs gosses criards vers les manèges bruyants, couronnés de lumières étincelantes. Tout le dimanche, ils continueront d'animer la plage, la quittant par petits groupes bien après la tombée de la nuit.

LE MUNDIAL

En route vers Lido di Jesolo, nous avions déjà vécu en direct une étape du *mundial,* la défaite de la Suisse par le Brésil ou quelque autre favori, après avoir contre toute attente battu la Roumanie. Ce soir-là, l'espoir était encore intact. A Ligornetto, une bâche géante abritait, à côté du *municipio,* un écran de télévision non moins géant. Le charbon de bois rougeoyait sur les grils. Des amas de saucisses et de côtelettes attendaient l'holocauste, tandis qu'arrivaient peu à peu les gens du village de quelque cinq ou six cents feux. Après une journée étouffante, le soir n'apportait guère de fraîcheur. On ne pouvait en espérer que d'un orage que chacun sentait dans l'air, prêt à éclater. Le premier coup de tonnerre coïncida avec le début du match. La tente était pleine à craquer et les cuistots ne savaient plus où donner de la tête, de même que les serveurs bénévoles qui n'arrêtaient pas de prendre des commandes et de déboucher les litres de *merlot.*

A la télé, le commentateur sportif alignait les superlatifs pour nous mettre en situation d'apprécier notre chance d'assister à cet événement historique national grâce à la ténacité des *hommes de Roy Hodgson, le coach sans reproche.* Présentation des équipes. Hymnes nationaux. L'arbitre lance la pièce. La partie démarre en trombe, tous les regards tournés vers l'écran. On voit tout le terrain, mieux que si on y était, avec le déploiement des stratégies, les mouvements de la ligne d'attaque. Dans le public, des drapeaux suisses s'agitent. Gros plan sur des visages congestionnés de supporters qui n'ont pas hésité à faire le voyage aux Etats-Unis pour encourager leur équipe.

J'ai fait du foot quand j'étais gamin, sur un terrain

proche de l'école. J'y dépensais mon trop-plein d'énergie à courir après le ballon et à prendre des coups de pied dans les tibias. Il me semble qu'alors mes forces étaient inépuisables, tandis qu'aujourd'hui je me sais incapable du moindre pas de course. Je n'en admire que plus les performances dont nous sommes les témoins en direct, sans pour autant me sentir en communion avec les adeptes des grand'messes que sont devenues les compétitions sportives, pas plus que je ne partage le mépris qu'elles suscitent chez certains. Le peuple a toujours aimé les jeux. Des arènes aux stades olympiques, la filiation est claire. Les progrès de la communication ont tout simplement élargi le public aux dimensions de la planète. On peut aimer baigner dans la foule, partager sa chaleur, ses cris, sa colère, son espoir, ses délires. Il doit me manquer des atomes crochus ou des gènes qui favorisent cette communion. Aurélie prétend que je suis un fruit sec. Peut-être a-t-elle raison. Elle vibre au spectacle offert, tout en mangeant sa saucisse de veau grillée et des frites. Quand survient le premier goal encaissé par la Suisse, alors qu'éclate le deuxième coup de tonnerre, lequel ouvre d'un coup les écluses du ciel. Grêle et pluie martèlent la tente où se forment des poches d'eau. Les grils à ciel ouverts sont inondés. Dehors, il fait prématurément noir, couleur qui convient bien à l'atmosphère consternée du dedans. Distrait par l'eau qui dégouline de toutes parts et de toute façon déçu dans son espoir, le public de la tente se démobilise visiblement. Le deuxième goal pris par la Suisse l'anéantit. Quant à nous, le premier *moderato* de l'averse nous incite à regagner à toutes jambes notre maison du sud qu'Aurélie tient de sa famille.

Au regard de la finale du *Mundial*, ce match de huitième de coupe apparaissait rétrospectivement comme à peine digne de mention. Se trouver en Italie le jour où la *squadra* nationale dispute la coupe du monde de foot contre le Brésil, il faut l'avoir vécu ! Aurélie et moi, nous l'avons fait, quoique Aurélie... Fatiguée, elle s'est couchée. Mais n'anticipons pas. Il fallait voir, *Piazza della Republica*, monter le matin comme une guillotine — la métaphore n'apparut que le soir — un écran de télévision aussi grand que le miroir du télescope du Mont-Palomar qui devait permettre assurément de voir le ballon presque grandeur nature. Et tout autour, des rangées de sièges en demi-lune comme les gradins d'Epidaure. En toute hâte, on avait planté des mâts où flottaient le drapeau italien et celui du *mundial.* Une vraie fête pour les badauds dont j'étais et qui, plus nombreux que d'habitude, discutaient leurs pronostics. Certains pariaient. D'autres lisaient fiévreusement l'équivalent italien de *L'Equipe*, dont le titre m'échappe. Si l'on pouvait additionner le temps quotidien voué à la coupe dans le monde par ceux qui écrivent, lisent, parlent, écoutent, filment, voient, discutent, le résultat serait astronomique, de quoi faire les pyramides en un seul jour ou nourrir une année les populations affamées du Rwanda. *Mundial* ou pas, elles crèveraient de toute façon de faim. Alors ? Alors, on est ici et ici on s'occupe du *Mundial.* Demain, on sera ailleurs. On s'occupera d'autre chose. De questions du moment qui accaparent les médias pendant trois jours et que d'autres urgences poussent dans l'oubli. A propos, où en est l'enquête dans l'affaire de la secte du Temple du Soleil ? Combien de morts ? Suicides ? Meutres ? Mieux que les jeunes se passionnent pour le *Mundial.* Sans parler de la drogue.

Comment la journée a passé ? Quand on ne fait rien, le temps perd toute consistance. Il court comme un ruisseau sur un lit sans cailloux. Toujours est-il que me voilà assis dans le grand salon de l'Hôtel Le Soleil où il m'a été difficile de trouver une place. Pourquoi l'hôtel et pas la place voisine d'où nous parvient la rumeur ? Sur l'écran, la publicité est à son comble. Articles de sports, vêtements, voyages, produits de beauté, tout est au M*undial.* Roberto Baggio, vedette de l'équipe italienne pose, avec un enfant, pour une marque de chaussures. Si tout à l'heure, il rate un *penalty*, les médias le traîneront aux gémonies. Son image ne vaudra plus un kopeck. Du pavois à la roche tarpéienne, la chute est rapide. Ce brassage de sport et d'économie, de vedettariat et de gros sous, d'exemples et de misères, c'est notre culture. Si nous en voulons une autre, il faut nous arranger pour lui donner le souffle du M*undial.* Faisons un théâtre qui soit autre chose qu'un laboratoire pour metteurs en scène, une musique s'adressant à d'autres oreilles que celles des chers confrères compositeurs, une poésie lisible en dehors des cercles universitaires. Tant pis pour la culture avec un grand C, dont se réclame une intelligentsia avide de subventions.

— Pourtant, tu as voté pour eux ! me lance Aurélie, tandis que nous en parlions à la plage. Les cantons suisses venaient de refuser en votation populaire un article constitutionnel sur la culture.

— Je le referais !

— Alors, la logique ?

— C'est un risque. Il faut le prendre, si l'on veut donner une chance à des œuvres capables de remonter le courant sans faire chier les gens.

— Tout ce que tu vas faire, c'est renforcer la suffisance des scribes du palais qui, la culture à la boutonnière, réclameront plus d'argent, plus de considération, plus de place à la TV, plus de...

— Ceux-là ne comptent pas. Pense à ceux, très rares, qui changeront notre vision du monde.

— Jusqu'ici, ils n'ont pas eu besoin de politique culturelle pour se manifester !

Aurélie me pousse dans mes derniers retranchements, c'est sa force

— Une politique culturelle, au cas où tu ne le saurais pas, concerne d'abord les politiciens. Ils doivent savoir que la culture existe et qu'elle a droit de cité dans la Constitution, au même titre que l'économie, l'expansion commerciale, la propagande touristique et le prix du lait.

Aurélie soulève le bras avec lassitude en portant son regard si bleu vers la mer. Elle donne l'impression de se tenir pour battue. Qu'on se détrompe. Persuadée de ma mauvaise foi, elle a décidé qu'elle avait perdu assez de temps à tenter de me convaincre.

Oh la la, qu'il fait chaud dans ce salon, malgré les fenêtres grandes ouvertes sans provoquer le moindre courant d'air. Italie-Brésil a commencé pendant que je rêvassais. Je respire à plein nez l'odeur de la bière servie à tours de bras aux Allemands qui m'entourent. Le couple de Noirs athlétiques et réfractaires à mes tentatives d'ouverture de dialogue sur la plage est au *Coca-Cola*. Est-ce la cause de la poussée interne qui menace de faire déborder leurs chairs trop généreuses ? Un couple de sexagénaires français les flanque. Chaque matin, je les vois comme dans un film de Tati, arriver à la plage, déployer sur les chaises longues des linges de bain aux couleurs vives, puis s'enduire mutuellement de crème anti-solaire, avec un sérieux qui semble désigner des commerçants consciencieux. Des gosses font la navette entre leurs parents et le comptoir où ils achètent des *gelati*.

L'atmosphère varie au gré du déroulement du match sur l'écran. Les Oh ! alternent avec les Ah ! Au début, j'avais perçu une préférence larvée pour le Brésil. Les Brésiliens sont plus loin, tandis que les nations industrialisée entretiennent des rapports ambigus avec les travailleurs étrangers qui ont fait leur fortune. Le premier goal marqué par l'équipe adverse provoque d'un coup un réflexe européen. C'est décidé, on souffre pour l'Italie et on espère qu'elle lavera l'affront. Chaque descente de sa *squadra* dans le camp ennemi suspend nos souffles. Chaque occasion ratée est une blessure. Le rythme de distribution de la bière s'accélère. Ignorant les dispositions d'esprit de leurs hôtes, les serveurs d'abord sur la réserve se dérident. Ils sentent une unanimité dans l'appui donné à l'Italie, dont l'équipe — est-ce l'effet de cette unanimité des cœurs ? — égalise aussi sec. D'un bond, nous nous levons tous, à l'unisson avec les Americano-Italiens, propriétaires de pizzerie, cordonniers et mafieux, qui se trouvent sur le stade. Mes amis, quel match ! Et la tension ne fait que croître à chaque nouvelle station de ce chemin de croix, jusqu'à la mise à mort par tirs au but, pratique barbare entre toutes. L'Italie est immolée, telle Iphigénie, mais les vents ne se lèvent pas. Au contraire. Il est dix heures du soir et l'air n'a jamais été si moite. Les pétards qui pètent sur la place sont mouillés. La grande fête n'aura pas lieu, mais certains tiennent à faire contre mauvaise fortune bon cœur. Quelques klaxons de voitures tentent d'initier un vacarme général. En vain. Comme les rares pétards, ils ne font que souligner le naufrage d'une espérance.

Amoureux des désastres parce qu'ils nous apprennent à vivre, je vais faire un tour sur la *Piazza della Republica*.

C'est Solférino. Le sol jonché de détritus de toute sorte indique certes un bivouac récent, mais surtout une fuite éperdue. Les lumières sont éteintes. Laissés aux mâts, les drapeaux pendent lamentablement dans la nuit désertée.

CASSANDRE AU BAIN

— C'est bien toi ! fait Aurélie, à peine sommes-nous installés sur la plage, les demoiselles d'honneur, comme les appelait leur père, occupant les chaises longues voisines.

— Qu'est-ce que j'ai encore fait ?

— Tu oses le demander ? Elle désigne du doigt le livre à couverture rose que je viens d'ouvrir : *Cassandre*, de Christa Wolf.

— Tu lui reproches quoi ?

— Tu ne t'intéresses qu'à des folles, des détraquées, des viragos et mortes au surplus ! Après George Sand, voilà Cassandre.

— Elle s'est baignée dans la même mer que nous...

— Ça nous fait une belle jambe !

Aurélie sort un magazine du sac de plage et s'y plonge ostensiblement.

A côté, les deux Suédoises, mère et fille étonnamment proches dans leur froide beauté, sont couchées côte à côte à même le sable. Sont-elles venues chercher ici un dialogue manifestement difficile à nouer ? Je croise parfois la mère au large, sa tête bien droite au-dessus de l'eau.

C'est vrai, Cassandre m'obsède depuis quelque temps. Je l'imagine sur les remparts de Troie, son regard embrassant la flotte grecque à l'ancre depuis dix ans, mais prête au subterfuge du retrait, le cheval de Troie, monstrueux, sur le sable. Cassandre dénonce l'imposture. Personne ne l'écoute. Son destin est de dire la réalité rugueuse, mais chacun lui oppose ses propres fantasmes. De son côté, le prêtre Laocoon déclare en vain : « Je crains les Grecs et leurs présents ». Personne ne les écoute. Cassandre se retire alors dans le palais du roi Priam, son père. Plus tard, elle refusera de sauver sa vie en quittant Troie, jusqu'au moment où, captive, elle doit suivre Agamemnon, sachant qu'elle périra comme lui de la main de Clytemnestre.

Je tente de renouer le dialogue avec Aurélie, de lui faire partager mon admiration pour le courage de Cassandre en un temps richement pourvu de ce qui manque terriblement au nôtre, la grandeur.

— A l'époque, tu m'as tenu le même discours à propos de George Sand qui fuyait sa frigidité dans les bras d'amants successifs, au surplus tous efféminés. A propos, n'était-elle pas à voile et à vapeur ? Oui, oui, comment s'appelait cette actrice célèbre qu'elle disputa à Chateaubriand ?

Je risque : Marie d'Agoult.

— Tu n'y es pas du tout. C'est Marie Dorval, triomphe-t-elle. Dire que c'est toi l'expert !

Elle a lu récemment un article dans *Femina.*

— Tu ne pourrais pas t'intéresser à des femmes vivantes, à commencer par moi ?

Je lui dis que les femmes heureuses n'ont pas d'histoire. *L'Esperanza* le bateau de croisière se dandine le long de notre jetée. C'est le boniment dispersé par haut-parleur qui m'a fait tourner la tête dans sa direction. Voilà qu'arrive aussi le carrosse électronique des sœurs *Graziella.* Dieu que la vie est quotidienne. La répétition constante des mêmes événements finit par tuer le temps. Nous sommes une génération de *farniente* déambulatoire sur les traces monumentales et picturales des créateurs qui nous ont précédés, une civilisation festive qui dilapide les biens amassés par ses pères, les non-héros de l'An zéro de la culture. Même pas des barbares, des zombis.

C'est clair, Aurélie n'entrera pas dans mon jeu. Elle se lève majestueusement, suivie par ses deux sœurs. Elles ont dû, au même instant, voir un attroupement se former sur la plage autour d'un nouvel éventaire à fanfreluches. Bon, je resterai seul avec Cassandre. Mais d'abord un bon bain. Le sable est brûlant. J'ai encore oublié mes sandales. Tant pis. L'eau n'en est que plus fraîche. Je m'y plonge d'un coup et nage vers le large. Ayant dépassé ceux qui ne vont pas au-delà de leur fond, attentifs à garder pied, je fais la planche avec délices, les yeux dans le ciel et brûlés par le soleil et le sel. A l'altitude zéro de la mer, je peux tourner la tête vers le front des hôtels ou vers le large. Mais attention aux canots à moteurs, planches à voile, scooters des mers qui traversent sans contrainte nos eaux territoriales, au risque de me couper en deux comme un David Copperfield.

En rentrant, je croise le trio légendaire, père, fils et canot, en route vers une nouvelle expédition.

Assis, je m'aperçois que j'ai mouillé des pages de mon *Cassandre* repris en main, une façon de remettre mon héroïne en contact avec les éléments. A sa suite surgissent Thésée, le Minotaure, les monstres cannibales des Atrides, Achille, Penthésilée et ses Amazones, Hector que le destin condamna à l'héroïsme, Pâris par qui tout arriva. Les Troyens se frottent les yeux. La flotte grecque a disparu, mais qu'est-ce que cette horreur sur la plage ? Un monstrueux cheval de bois. Et quelles salades incroyables raconte Sinon, ce Grec laissé en otage ? Le piège est des plus grossiers. Cassandre s'époumone à le dire, à le crier, de même que le prêtre Laocoon et ses deux fils, aussitôt dévorés par deux dragons tueurs à gages surgis de la mer et commandités par Poséidon.

Là-bas, Aurélie et ses sœurs reviennent, avançant péniblement dans le sable. Elles manquent le passage à ma hauteur d'un Noir porteur de tapis probablement fabriqués à la machine, mais qui, sous le soleil, font un de ces effets !

J'en oublie les origines de la guerre de Troie : pas invitée au mariage de Pélée et Thétis, Eris, la déesse de la discorde, jette dans la salle de festin la pomme d'or destinée « A la plus belle » que toutes les déesses convoitent aussitôt. Et voilà, c'est parti.

Mon *Cassandre* ouvert à la page 193, je demeure méditatif. Après avoir expliqué le culte des héros morts comme une façon de se protéger contre la peur de l'au-delà, tout en montrant son rôle dans la naissance du théâtre grec, « l'une des racines de la culture européenne », Christa Wolf écrit : « Enfermés pour tous les temps dans leurs coûteux et prestigieux palais mortuaires mais spirituellement stériles, les potentats orientaux sont tombés dans l'oubli. Mais ceux dont le nom fut transmis par les récits sont, aujourd'hui encore, demeurés vivants dans notre mémoire. »

Et d'enchaîner avec une proposition qui, pour moi, prend tout son sens ici et maintenant : « A la nécrophile actuelle qui se manifeste dans l'acier, le verre et le béton (et qui ne s'arrête pas du reste à la porte des théâtres) faut-il opposer quelque chose comme la « parole vivante » ? Qui devrait être subversive, légère, « pénétrante » dans le vrai sens du terme, et ne devrait pas se soucier d'atteindre son but — qui ne devrait même pas avoir de « but » et qui pourrait peut-être provenir de la situation unique en son genre des auteurs contemporains telle que Max Frisch la décrit, à savoir qu'ils ne comptent plus sur une postérité, et tirerait la seule conclusion possible permettant de créer une nouvelle postérité, voire un avenir. Ce ne sont plus des histoires de héros que transmettrait cette parole, ni des histoires d'anti-héros non plus. Elle chercherait plutôt à passer inaperçue et à nommer ce qui passe inaperçu, le précieux et concret quotidien. »

La langue allemande, un monde ! La traduction reflète bien ses contorsions, ses incidentes et subordonnées. Mais la pensée demeure d'une clarté admirable. Elle correspond parfaitement à ma propre interrogation sur, par exemple, le sens de la poésie qui m'apparaît comme l'instrument de recherche de la pure objectivité, laquelle doit coïncider avec l'illumination de la beauté.

— Encore dans ton bouquin !

Aurélie est de retour, flanquée par ses deux sœurs.

— Tu n'as pas faim ? demande-t-elle.

Si, si, je meurs de faim. Je me lève. On va se changer, puis on ira manger des pâtes et boire du vin frais sur une terrasse.

IL TEMPORALE

J'ai dormi lourdement. Au réveil, un changement dans la tonalité du jour, derrière le store métallique, m'alerte. Je le relève précautionneusement, car Aurélie dort encore. Le ciel est couché sur la mer. Tout est gris, avec des gros paquets de nuages noirs, lamentablement affalés sur l'horizon. Et l'air ! À couper au couteau. Irrespirable. La sensation d'avoir un éléphant sur la poitrine.

L'hôtel demeure encore plongé dans sa torpeur de l'aube. Seul sur mon balcon du cinquième, je domine dans toute sa longueur la plage faiblement incurvée. A ma gauche, le regard se perd dans la confusion des formes dissoutes dans la grisaille. A droite, mes yeux se fixent sur la lumière rouge et verte intermittente du phare. Pas un bateau visible sur la portion visible de la mer. Le paysage est marqué par une sorte de malédiction biblique qui, vue d'ici, semble irrémédiable et définitive. Une catastrophe atomique produirait le même effet de désolation et, pour moi, le même sentiment d'être le seul survivant. Heureusement, un appel d'Aurélie me détrompe. Elle vient de se réveiller et s'étonne de mon absence à ses côtés.

— Pourquoi tu as ouvert la fenêtre ?

— Pour aller sur le balcon.

— Tu ne peux donc pas dormir le matin ?

— Non.

— Alors, laisse dormir les autres !

Fort à propos, un éclair se fraie un chemin aigu dans cet encombrement du ciel, tout de suite suivi par un coup de tonnerre qui, à l'aune de la mesure des tremblements de terre, atteindrait 7 sur l'échelle de Richter. Aurélie se lève d'un bond et ferme la fenêtre, m'emprisonnant sur le balcon. Il faut être cruelle avec ce ciel menaçant sur ma tête. Elle rouvre.

— Rentre, me dit-elle. Et, regardant le ciel, elle prédit :

— L'orage va passer au nord.

Toujours est-il que le tonnerre remet cela de plus belle, précédé à chaque coup par les plus beaux éclairs imaginables Comme travaillée de l'intérieur, la mer devient une véritable marmite de sorcière, fumante et écumante. De ses entrailles, elle souffle le vent qui se lève et lui donne sa voix rauque et âpre des mauvais jours.

Aurélie s'est rendormie sans autre forme de procès. Elle respire avec la plus grande innocence du monde. Je reprends *Voyage sans fin* de Chögyam Trungpa, ce livre qui ne me quitte jamais. Trungpa fut « supérieur des monastères de Surmang et maître de méditation, formé dans les lignées Kagyyü et nyingma du bouddhisme tibétain », ainsi que le présente la notice biographique des nombreux ouvrages qu'il a publiés. Suis-je bouddhiste ? Non, dans le sens où je n'ai pas fait le vœu de *samaya* ou « lien sacré ». Oui, si le désir intérieur d'ouverture et de transmission a valeur d'engagement. La pensée de Trungpa, si pénétrante dans sa lumineuse simplicité ! Elle est comme une rosée pour ceux qui la reçoivent. « Nommer ce qui passe inaperçu, le précieux et concret quotidien ». Christa Wolf serait-elle bouddhiste ?

Je rejette l'exotisme sous toutes ses formes, sanscrit, tibétain, noms des dieux, termes de la liturgie. Tout cela glisse sur moi comme l'eau sur les plumes du canard Ne reste que cette pensée, si proche de mon intuition et qui m'invite à une ouverture sans espérance, à un calme sans calcul. Plus de péché originel, d'enfer, de jugement. Le but est la voie. Le vide est la forme. Au-delà se dessinent les convergences avec la mystique chrétienne des premiers âges, des fulgurances communes dans la vision. Mais je suis si ignorant. Prudence et humilité.

Je retourne sur le balcon, me laissant absorber par les éléments déchaînés, au cœur de ce paysage sans nom, comme au début du monde, ou dans ce temps où ce qui devait advenir n'était pas encore advenu, dans l'espace vertigineux entre question et réponse.

Maintenant, la pluie se déchaîne avec rage, toujours sur un fond de grondement orageux, mais tout de même comme si l'orage s'éloignait. Aurélie aurait-elle raison ? Passera-t-il vers le nord ? Serait-elle plus bouddhiste que moi, branchée en direct sur l'énergie phénoménale ? Quant aux pieds sur terre, personne assurément ne lui dame le pion. Tandis que, pauvre rêveur, je dois sans cesse m'obliger à redescendre des nues pour me coltiner avec la réalité rugueuse. Quand on dit : *« Ce n'est pas ma tasse de thé »*, sans doute laisse-t-on entendre qu'il n'existe pour chacun qu'une tasse de thé unique, la plus apte pour lui à jouer son rôle de tasse de thé. L'utiliser pour servir le whisky est un non-sens. Dans le même esprit, La Fontaine a fait une fable sur une grenouille ambitieuse. Le bouddhisme nous invite à être aussi simple que la tasse à thé, dans une parfaite adéquation entre la forme et la fonction.

On n'entend plus le tonnerre que de loin et loin. La pluie n'est pas faite pour les colères durables. Elle tombe beaucoup plus sagement, toute droite sur une mer également calmée. Sur la frange d'une déchirure du ciel, la fuite des nuages ouvre un espace bleu délavé. Le monde recompose ses contours.

Du balcon regagné, j'observe une confirmation des prévisions météorologiques d'Aurélie. En bas, une nuée de serveurs sortent chaises et tables sur la terrasse, puis mettent les couverts, déposent les *panini* dans leurs corbeilles d'osier. Et voilà qu'arrivent, un peu indécis, les premiers curistes, ainsi qu'un soleil intermittent mais déjà chaud. Suffisamment en tout cas pour faire monter du sable une buée légère.

Je n'en crois pas mes yeux ! Les hommes du *Salvataggio* débarquent sur la plage. Ils débâchent précautionneusement leur canot, en évitant que l'eau accumulée ne s'écoule sur les bois précieux. Voilà, c'est fait. Déjà, ils commencent la manœuvre quotidienne de mise à l'eau, à l'aide de planches et de rouleaux. Je revois les ports des *Cinque Terre*, entourés de falaises escarpées. La descente des bateaux au bout de longs câbles fixés à des treuils, ou glissant le long d'étroits chenaux par des itinéraires s'inspirant des bandes du jeu de billard. Aucun endroit du monde ne ressemble à un autre. Partout, l'ingéniosité des hommes trouve des solutions très exactement adaptées à la topographie des lieux et aux besoins. C'est merveille de voir comment.

Les derniers nuages filent aux confins d'un ciel maintenant dégagé. Aurélie est prête à descendre, parée pour la séduction matinale. Elle attire les regards et la sympathie avec sa manière souriante d'aller droit au but en parlant des choses les plus simples de la vie. Du balcon, *les demoiselles d'honneur* ont déjà rappelé leur existence, en soulignant qu'elles ont *un petit creux.*

On va descendre. La terrasse est presque complète.

LA FORÊT MAGIQUE

J'imagine la plage déserte et peut-être embrumée. Qui sait ? Difficile de la voir autrement de ma forêt jurassienne en cette fin de novembre. Les chiens ont disparu depuis un bon moment dans les fourrés. Vont-ils lever un chevreuil qui déboulera, comme l'autre jour, me laissant à peine le temps d'apercevoir son arrière-train blanc ? Je les siffle. Une coupure au diamant stridente dans le silence de verre et je tends l'oreille. Rien d'abord que le suintement des gouttes alternant avec, rare, le froissement de la chute d'une feuille. Puis, au loin, le signal de branches écartées et de bois mort sous le galop. Noirs et feu, les voilà débouchant comme un ouragan sur le sentier et repartant déjà vers une autre aventure.

Me voilà seul à nouveau dans la forêt sourde, avançant sur un tapis de feuilles fortes détrempées, parfois plus épais dans les menées du vent. Du regard, je cherche les traces d'éventuels ultimes champignons égarés aux limites du gel. Il y a quinze jours à peine, quelques uns émergeaient encore, îlots de fraîcheur odorante, les plus venimeux souvent les mieux parés. La terre les absorbe dans l'humus propice aux éclosions de l'an prochain. Son lent travail de succion est presque audible, son infinie patience m'amenant à ralentir le pas et le rythme de mes pensées. J'écoute par mes pores, les yeux en miroir sur l'étendue de la forêt, bloc d'ombres humides aux nuances floues.

Mais soudain, miracle. Comme aspirée par l'azur deviné, le voile de la brume monte. déshabillant arbres et bosquets. Un déshabillage qui révèle un corps de lumière resplendissante, appelant chaque couleur et les moindres formes à la vie. Le soleil allume d'abord comme des torches la cime des pins, puis libère les troncs pour finalement toucher de biais les chemins roux et se briser dans les conques d'eau feuillue. Il s'éclate en diamants suspendus dans l'entrelacs des branches. La fête ! Pour moi tout seul avec audessus de ma tête le vertige indigo du ciel.

Je nage sur le dos dans l'Adriatique. *Ô saisons, Ô châteaux,* le roi est mon cousin. Fraîcheur fluide, enveloppement mobile et le ciel qui devient noir à force de transpercer le bleu. Adieu, pesanteur, ankylose, jointures craquantes. Que je m'éloigne de la rive, pour mieux me sentir flotter sur les abysses de la profondeur. Où se situe le cœur de la vie, qu'on me dise l'essentiel de vivre. Où commence le retour de l'homme vers un animal marin, grand prédateur ou calme familier des coraux ? Suffit-il d'un passage horizontal à l'élément liquide pour que, par un subtil changement de centre de gravité, notre vision du monde bascule ? Au diable les questions ! Nu et sans identité, laisse-toi dissoudre par l'eau, laver la cervelle, retirer ton *moi* de rien, intégrer dans le courant des choses, enfin délivré de toute attente et de tout espoir, sorte d'épave à la dérive.

Une subite baisse de la lumière met un terme à cette dérive estivale. Le brouillard est redescendu, conquérant la forêt par les cimes. Déjà, il rampe le long des troncs, s'installe sur les buissons, efface formes et couleurs. L'année a vieilli d'un coup. C'est l'arrière-automne au goût de champignon.

Mais ma forêt magique n'est pas morte. Elle demeure intacte, prête à ressurgir à la moindre sollicitation, par mon pouvoir de la ressusciter en fermant les yeux. *Le vide est la forme.*

LA TÊTE ET LES BRAS

Aurélie profite des derniers jours de l'été indien pour préparer la maison et le jardin à la traversée de l'hiver. A l'intérieur, c'est la révolution. Dans les escaliers, les gens de différents corps de métiers se croisent, peintres, électriciens, installateurs de tout poil, sans compter les déménageurs, puisque les travaux coïncident avec le départ d'un locataire et l'arrivée de son successeur. Aurélie a décidé que mieux valait un branle-bas général que des mouvements épisodiques. Elle change les fenêtres de toute la maison, remplace les tapis de fond par du parquet ciré, les volets de bois par des volets métalliques.

Le téléphone n'arrête pas de sonner, la sonnette de la porte d'entrée de grésiller, les artisans de venir prendre ses ordres et de boire du café, les femmes de ménage de demander des produits d'entretien. Sans compter, le train-train usuel, facteur, coups de fil des sœurs et amies.

Aurélie est aux anges. Par la parole et le geste, elle dirige, orchestre, ordonne, distribue exhortations et encouragements, flatte ici, morigène là, voyant tout et ayant dans sa tête, comme un général en chef, le plan de toute l'opération. Levée à l'aube et tard couchée, elle ne fait qu'une bouchée de journées qui occuperaient dix personnes dans le plus actif des bureaux de notre administration. A se demander quelle potion magique soutient une femme de si petite maille. Sans doute l'autorité de son regard et de son verbe y est-elle pour beaucoup. Mais il y faut aussi une foi qui soulève les montagnes. Rien ne la rebute. Aucun refus ne la décourage. Au lieu de s'avouer vaincue, elle parlemente, insiste, couche le poil ou crie à l'ingratitude, selon les nécessités du moment. Elle finit toujours par triompher là où j'aurais jeté le manche après la cognée, facilement désarçonné que je suis par le cynisme ou l'arrogance de l'interlocuteur.

Au cœur d'une telle agitation, je me sens aussi incongru que le serait un promeneur en grande tenue sur un chantier bourdonnant d'activité et inutile, quand ce n'est pas gênant. Je deviens donc une personne déplacée, mais pas positivement sans domicile fixe, Dieu merci. A peine suis-je installé à ma table de travail, ayant ouvert tout juste mon *notebook*, que surgit dans la chambre un ouvrier qui se met en devoir de déplacer mon bureau pour accéder à la fenêtre à changer. Si je m'installe dans le salon, un autre arrive avec la machine à poncer le parquet. La salle à manger ne m'est d'aucun secours, occupée qu'elle est par un peintre avec son échelle et ses pots de couleurs.

Le jardin ! J'y cours, encouragé par le soleil. Etonnamment vert pour la saison, il est jonché de feuilles mortes, mais éclairé par les derniers feux de grandes tagettes sur la fin, comme des comédiennes sur l'âge, dont le maquillage se craquelle. En passant par la cave, j'ai troqué mes habits de ville contre mes habits des champs, un pantalon bouffant de velours côtelé, un gilet de laine qui me vient de ma mère et des souliers dont les beaux jours remontent à vingt ou trente ans. J'ai sorti le râteau et la tondeuse à gazon, plein de bonne volonté, quand Aurélie m'appelle de la fenêtre :

— Tu fais quoi ?

— Comme tu vois, le jardin

— Le jardin ? Le jardinier vient lundi !

— Ce sera déjà ça de fait.

— Inutile. Viens plutôt me donner un coup de main !

— A quoi ?

— Tu verras bien.

Elle ferme la fenêtre, courant à d'autres tâches, tandis que je range les outils, tout en tirant de ma pipe allumée en maraude des bouffées d'un tabac noir et odorant.

Tant pis, j'allais enfin occuper conjointement ma tête et mes bras. Pendant que ceux-ci s'activent aux travaux ennuyeux et faciles, celle-là peut battre tout à son aise la campagne, construire des châteaux en Espagne, ou se laisser aller tout simplement à la contemplation cavalière des toits de la ville sur fond de lac immobile. Les dernières feuilles des lilas et du reineclaudier vont tomber, mettant définitivement à nu le jardin, sorte de balcon suspendu dans l'espace, dans l'attente de son habit de neige.

A quoi occuper ma tête ? Assis à mon bureau, devant la fenêtre et sous des rangées de livres, je me le demande. A la recherche de la sérénité que je ne trouverai pas aux rayons de la philosophie ou de la psychologie. Tous les livres semblent, eux aussi à la retraite, ayant donné tout leur suc. Qu'en reste-t-il ? Et que reste-t-il des travaux de mes mains et de ma tête ? des dossiers et des lettres déjà archivés, bientôt voués au feu ou transformés en charpies ? Quelques coupures de presse déjà toutes racornies et jaunies. Une brassée de poèmes, reflets d'une sensibilité d'un autre âge. Un langage qui fait sourire les jeunes. Où est l'essentiel, le fil sans commencement et sans fin et qui, disent les maîtres du *tantra*, n'est pas un fil, mais il est continu.

— Te voilà encore en train de bâiller aux corneilles, je parie ! lance Aurélie de la pièce voisine. Gagné ! Admirablement coordonnées, sa tête et ses mains s'attachent au concret, ici et maintenant. Elle fait face. Elle assume. Elle résout les problèmes un à un, et parfois tous en même temps. Pourquoi perdre son temps avec des questions sans réponse quand le quotidien, *la vie ennuyeuse et facile*, nous assaille de toutes parts. Etre au four et au moulin, voilà la seule réponse.

Un de ces jours, je vais brûler tous mes livres !

REQUIEM POUR LE MUSICIEN

A Londres, il fait un temps exceptionnel pour un début d'avril. J'ai décidé brusquement d'y passer les fêtes de Pâques, trouvant un logement dans un petit hôtel de Paddington, anonymement propret.

Le premier matin, après un petit-déjeuner insulaire, vêtu d'un jean et chaussé d'espadrilles, tenue peu conforme à mon âge et à ma dignité, je décide de m'en remettre au *Guide pratique de Londres*, où l'on peut lire, page 23, ce qui suit :

« ***Première journée***

Matin : allez voir la célèbre Tour de Londres — arrivez vers 9 h. 30, heure à laquelle elle ouvre, afin d'éviter la foule (Métro : Tower Hill). Vous aurez besoin d'à peu près deux heures pour visiter la Tour convenablement, mais vous pourrez encore voir autre chose avant le déjeuner. Prenez le métro à Tower Hill (changez à Liverpool Street) et descendez à Bank. Tout près de la station se trouve la Banque d'Angleterre. Le hall d'entrée est ouvert aux visiteurs, mais prenez rendez-vous d'abord par téléphone. Tout près se trouve le Stock Exchange, cœur de la finance de Londres ; Guidehall, Hôtel de Ville de la City of London, où les cérémonies officielles ont lieu (près de la station de métro de King Street, Cheapside, EC2).

Déjeuner : il existe quantité(s) de restaurants bon marché pour déjeuner dans ce quartier — et si vous n'avez pas d'enfants avec vous — essayez un des nombreux pubs ou tavernes qui servent des repas. La clientèle est principalement composée d'employés de bureau, de banque, d'agents de change et de ceux qui touchent la finance »

Personnellement, je n'ai pas d'enfants et pas envie de

téléphoner à la Banque d'Angleterre pour prendre un rendez-vous. Par ailleurs, le métro ne me tente pas.

Il est neuf heures. Je sors. Praed Street avec ses allures provinciales et ses boutiques désuètes me séduit d'emblée. Je hèle un taxi et, autre entorse aux recommandations du *Pratic Guide of London,* enjoins à son chauffeur de me mener à Westminster Bridge qui enjambe *the river Thames*, ou la Tamise si vous préférez. En route, nous croisons de nombreux gentlemen, sagement assis dans des taxis tout semblables pour se rendre à la City ou ailleurs. Nous traversons des marchés aux assortiments multicolores et des enfilades de rues où, londonien de fraîche date, je perds mon maigre sens de l'orientation.

Au bord du fleuve, des drapeaux flottent au faîte de monuments moyenâgeux, au-dessus de tours et de donjons. Du coup, me voilà reporté plusieurs siècles en arrière. Je vous assure que c'est une sensation pour le moins curieuse et que, jamais auparavant, je n'ai éprouvée avec une telle intensité.

Je fais incontinent stopper la voiture et mets pied à terre près d'un groupe de touristes faisant la queue à l'entrée de je ne sais quel monument célèbre, il y en a tant ! Je m'avance, encore indécis sur le parti à prendre : suivre le troupeau ou longer le quai, nez au vent. A propos de vent, il souffle une bise bien soutenue à en juger par les drapeaux. Chez nous, en tout cas, je pourrais dire à coup sûr qu'il s'agit de bise. Ici, dépourvu de boussole, je ne situe qu'approximativement les points cardinaux, je ne garantis rien.

Mais je ne suis pas ici pour vous entretenir de mes rapports sporadiques avec Londres, pas plus que de ma familiarisation progressive avec son site. Si vous vous y rendiez, mes observations ne vous seraient d'aucune utilité et vous auriez raison de consulter plutôt le guide pratique. Si une telle intention n'a jamais effleuré votre esprit, raison de plus pour vous détourner des notes du voyageur particulièrement incompétent que je suis.

L'intérêt du récit serait-il ailleurs ? Juste ! Assurément, le destin guide mes pas. Tranchant entre les deux termes de mon alternative déambulatoire, il me porte vers le monument inconnu. Nonchalamment, sous le soleil guilleret, je remonte la file d'attente. Ceux chez qui mon audace ne provoque aucune protestation sont assurément anglais. Ils doivent représenter une petite minorité tant leur flegme est dominé par des vociférations dans différents idiomes continentaux, en particulier l'allemand et peut-être même le dialecte suisse alémanique. Curieusement, cela me réchauffe le cœur, tant la découverte en terre étrangère d'une part de la patrie rassérène.

Suffisant, assuré de mon bon droit, je poursuis la remontée de la colonne comme si de rien n'était. Les voix s'élevant sur mon passage s'accompagnent du pivotement de têtes cramoisies. Des regards furibards me prennent en charge, me suivant dans ma marche. D'autres, rares, semblent plutôt amusés par mon audace et se demandent jusqu'où j'irai. Leurs yeux traduisent plus que de l'étonnement, l'envie devant une attitude qu'ils ne se permettent qu'en rêve.

A la vérité, je suis le premier surpris par mon comportement, expression d'une assurance qui augmente au carré de la distance. Incapable chez moi d'appeler le garçon pour lui dire que le vin sent le bouchon, je me sens prêt ici à aller remontrer à sa très Gracieuse Majesté que je ne le lui envoie pas dire. Voilà, n'est-il pas vrai, une sérieuse confirmation de la théorie concernant l'influence climatique sur le caractère. Sur moi, elle est foudroyante.

Quoi que vous en pensiez, mon intention n'est pas de forcer le passage à hauteur de l'accès au bâtiment à visiter, comme font les automobilistes indisciplinés à l'entrée d'un goulet d'étranglement. Aussi bien, joignant le geste à la pensée opère-je brusquement un impeccable demi-tour qui sidère mes contempteurs. Ils en demeurent bouche bée. Cela me permet aussi de les affronter narquoisement et de me délecter de leur honte rétrospective. Quoi, de simples indices ont suffi à les mettre en fureur ? Bien plus, n'ont-ils pas à rougir de la vilenie qu'ils m'ont prêtée comme s'ils s'en fussent eux-mêmes rendus coupables ?

J'ai l'âme trop bien née pour me réjouir plus qu'il ne faut de telles satisfactions d'amour-propre. Inconsciemment, je cherche le visage d'un homme dont la vue de dos et l'impavide tranquillité au milieu de l'agitation avaient à mon insu requis mon attention. Ah ! quel choc, le photographe ! Depuis des années, je le vois dans le train matinal qui me mène de Neuchâtel à Berne. Il monte à Kerzers. Vêtu en toutes saisons d'un anorak, d'un pantalon de velours côtelé et d'espadrilles, il s'assied sans un mot, se bornant à ouvrir la fermeture éclair de son anorak. Jusqu'à Berne, il demeure le buste droit, les mains immobiles sur ses genoux. L'un de mes amis — qui a mis tragiquement fin à ses jours, mais c'est une autre histoire — et moi, nous l'avions baptisé « le photographe ». Pourquoi ? Je n'en sais plus rien. Sa sacoche noire qu'il n'ouvrait jamais ne fournissait aucun indice sur ses activités, sauf peut-être un petit air bohème. Ses cheveux longs et déjà gris, comme sa moustache gauloise, confirmaient cette première impression. « J'ai de mes ancêtres gaulois l'œil bleu blanc, la cervelle étroite, et la maladresse dans la lutte. Je trouve mon habillement aussi barbare que le leur. Mais je ne beurre pas ma chevelure » murmurait mon ami qui connaissait par cœur « Une saison en enfer ».

Et puis, peut-être l'avions-nous vu, un jour ou l'autre, porteur d'une grande boîte jaune avec KODAK en grosses lettres rouges ? C'est bien possible, mais l'espèce de neutralité de miroir avec laquelle il considérait les choses avait certainement été plus déterminante encore.

Ainsi notre compagnonnage ferroviaire durait-il depuis plusieurs années, sans autres échanges qu'un bonjour furtif, voire une simple inclinaison de tête réciproque. Il conservait intacte son énigme. Sa profession donnait lieu à nos supputations. Quant à sa vie privée, c'était la nuit. Nous ignorions même où il habitait. A Kerzers, où il montait dans le train, ou bien dans l'un des villages reliés à notre ligne secondaire par d'autres lignes encore plus secondaires ?

Quand il nous arrivait, à Berne, de nous attarder un peu avant de quitter le train, nous le rattrapions dans le hall qu'il traversait posément, sa sacoche en bandoulière. Avait-il gagné son prodigieux détachement dans la fréquentation de quelque philosophie orientale ? Ou bien nous trouvions-nous tout simplement en présence du descendant d'une race altière et calme ayant jadis occupé ces terres grasses et vallonnées ? Chez moi, jamais la curiosité ne prévalut sur la décence. Je me refusai à lui emboîter le pas au sortir de la gare pour voir où il se rendait. Je le laissais se perdre rapidement dans le flux des piétons se hâtant vers leur travail.

En fait, nous préservions tacitement son mystère qui apportait une heureuse diversion dans ces voyages répétés à travers des saisons qui revenaient inlassablement. Avec lui, nous traversions de longs hivers et leurs paysages en pointe sèche. Nous partagions l'attente du printemps. Encore aurait-il fallu être assuré qu'il attendisse jamais quelque chose. Nous enregistrions les changements de couleurs de sa tenue, toujours aussi simple et stricte, partagés entre le désir de le voir sortir de sa réserve et la crainte de perdre son silence. Ce silence, paradoxalement, était devenu refuge, alibi pour les impénitents bavards que nous étions, toujours à disputer de la vie, de la mort, de l'art, de l'amour. L'exemple de cette sagesse muette nous donnait bonne conscience en rejaillissant sur tout le compartiment que nous occupions. Le photographe administrait la preuve de la force du silence. Jadis grand bavard, y avait-il été amené lui-même par une impérieuse nécessité ? Qui sait… Il suffirait, un jour, de s'asseoir discrètement, les lèvres serrées, et de regarder défiler le paysage. D'autres cessent bien de fumer du jour au lendemain. D'autres encore, francs buveurs, passent sans coup férir du bistrot à la fanfare de la Croix bleue. La vérité m'oblige à reconnaître que ces changements s'accompagnent souvent de tristesse, faisant de joyeux lurons des sortes de bonnets de nuit. On peut donc se demander s'il est légitime de prolonger à ce prix ses espérances de vie.

En l'occurrence, la question n'est pas là. Le silence du photographe nous fascinait. Il devenait pour nous une nécessité. A telle enseigne que, sans nous concerter, mon ami et moi guettions son arrivée à Kerzers. Quand nous le voyions surgir au bout de la place de la gare, s'approchant sans hâte du train, nous étions rassurés. Il n'y avait plus qu'à attendre de le voir monter, le dernier, dans le wagon, puis se diriger vers notre compartiment. Il y prenait place posément, ou dans le voisinage immédiat, selon la place disponible Advienne que pourra, les choses étaient dans l'ordre, plus rien ne saurait nous atteindre.

Son absence créait un vide. Cela arrivait. Avec le temps, nous avions observé à quel rythme. Le lundi, jour de fermeture des magasins bernois. La difficulté du retour aux habitudes après deux jours de liberté s'en trouvait accrue. On quittait, quelques minutes après le départ à Neuchâtel, le lac pour aborder, selon la saison, des forêts de givre ou de bourgeons, puis des étendues marécageuses ponctuées d'arbres impressionnants de solitude. D'un côté, la ligne du Jura, de l'autre des saules évanescents bordant des cours d'eau. Ci et là, des fermes fleuries, mais gênées aux entournures par la progression du béton et la boulimie des routes. Peut-être les démontera-t-on demain pour les reconstruire au musée en plein air de Ballenberg, témoins d'une époque révolue. Nos descendants, s'ils peuvent quitter leurs abris atomiques, pourront se faire une idée de la bonne vieille vie d'antan... Les villes seraient merveilleuse, disait je crois Alphonse Allais, si elles étaient bâties à la campagne. C'est chose faite.

Vue de Londres, la ligne de chemin de fer Neuchâtel-Berne — la BN, comme on dit — prend un air bucolique, comme le rôle de préfet aux champs qu'elle m'assigne chaque jour.

Voilà tout ce qui se bouscule au portillon de mon esprit en découvrant le photographe sur les bords de la Tamise. Il porte son éternel anorak, son pantalon de velours côtelé et ses espadrilles, le tout à dominante verte. La même sacoche en bandoulière. La même tranquillité.

Pourvu qu'il ne parle jamais ! me disait mon défunt ami. En effet, quoi qu'il eût pu nous dire serait resté en dessous de ce que nous lui prêtions et le charme aurait été rompu. Le risque que cela pût arriver demeurait mince, tant son attitude affirmait la supériorité du silence sur la parole. On devrait s'en inspirer, à la guerre bien sûr, mais plus encore en amour où le culte de l'énigme est un moyen de durer.

A Londres, à ce moment précis, une seule pensée me traverse l'esprit : pourvu qu'il ne parle pas ! Plutôt que dans les environs de Westminster Bridge, j'aurais préféré le rencontrer au jardin zoologique. Cette idée saugrenue s'explique par la parenté que je viens de lui trouver avec les grands fauves taciturnes, le lion notamment qu'il ne faut jamais tirer de son sommeil. Furtivement, je pense aussi à mon ami disparu dans de tragiques circonstances, au moment où j'abandonnais mes activités bernoises.

Bien que n'en laissant rien paraître, le photographe m'a reconnu. Le visage impavide, il incline simplement la tête comme il le faisait dans le train, à l'arrêt de Kerzers. Brutalement, le vide laissé par l'ami s'impose. Sa mort devient une réalité que les tracas liés à mon changement d'orientation, puis le temps, avaient occultée. Un visage englouti manque au tableau reconstitué.

Vous l'avez remarqué, le regard des morts nous échappe rapidement. Leur disparition a comme coupé les liens invisibles qui nous unissaient. Ainsi, à ce moment précis, puis-je me rappeler très exactement sa silhouette, sa manière de s'asseoir en prenant toute la largeur de la banquette, de ranger sa mallette et les sacs en plastique contenant ses partitions. Je revois les stigmates de la fatigue sous ses yeux, sa façon de balayer par un rire mon constat quotidien de deux heures de déficit de sommeil. Mais ses yeux ? Son regard ? Impossible de les faire surgir. Il tourne vers moi un visage avec deux trous d'ombre. Rien ne sert de me le remémorer, debout sur le quai, frappant la vitre du compartiment où j'ai déjà pris place, expirant brusquement, dans un geste de défi, une grosse bouffée de sa cigarette. Le même visage sans regard.

Entre aujourd'hui à Londres et ces images, beaucoup d'eau a passé sous les ponts. Des mois de neige et de grisaille, des mois d'été aussi et d'automne laborieux, un temps qui m'a donné une grande soif de dépaysement, d'un autre printemps. Pourquoi mon ami devait-il couler avant d'atteindre cette rive ? Comment n'avais-je pas deviné son drame ? Une femme. Une jeune femme, tandis qu'il abordait la soixantaine. Je t'aime. Tu m'aimes. L'espoir fou que le talent, l'intelligence, la générosité du cœur vont combler la différence d'âge. Et vogue la galère. « Vienne le jour, sonne l'heure » comme chantait Apollinaire. Ils viennent immanquablement. La jeune femme trouve chaussure à son pied. Mais quelle idée aussi de s'amouracher comme un collégien ? À son âge ! Et de ne pas faire un geste de détresse, de rester des jours et des jours à faire le pitre dans le train, pour vous balancer sa mort en pleine gueule, avec un rictus. « Tu n'as rien compris, grand con ! » A quoi servent tant de discours sur la psychologie et les affaires du monde quand l'essentiel vous échappe ? Une amitié vigilante peut-elle demeurer si aveugle ?

Je m'arrête un instant à la hauteur du photographe. Il me regarde, sans trahir la moindre émotion. La file avance lentement. Il fait un pas. Je dois tourner la tête pour le voir de profil. Les drapeaux demeurent bien tendus sous la bise, animés par une sorte de jeunesse frémissante. Les vieilles pierres qui en ont vu de toutes les couleurs gardent leurs secrets, immuablement sourdes à toute voix de supplicié ou de reine décapitée. Le Royaume-Uni, Messieurs, est une monarchie constitutionnelle. Personne n'est plus condamné à périr sans jugement par le fait du prince. Ce n'est hélas, et de loin pas, le cas partout à en croire les gazettes et les « étranges lucarnes ».

A Londres, il fait beau. On peut aller à sa guise où bon nous semble. Ouf ! Le photographe ne parlera pas. Et si je lui criais, moi : mon ami est mort. Oui, le musicien qui faisait de grands gestes en racontant des histoires drôles. Des histoires drôles ? Oui, tenez, celle des orties. Il avait une sainte peur des orties et prétendait les sentir à distance. Le jour, il donnait des leçons de piano, corrigeait la position des mains sur le clavier, buvait en vitesse un café posé sur le couvercle du piano droit par l'hôtesse. Rentré à la nuit par le dernier train, il copiait des partitions, dormait à peine, se levait à l'aube pour notre voyage matinal. Qu'est-ce qui reste de sa vie d'homme ? Bon sang de bon Dieu, j'aimerais bousculer mon style pondéré, écorcher mes phrases bien élevées pour vous balancer de grands mots rocailleux comme des caillots. Mais ils resteront sournoisement dans mes veines. Ils m'étoufferont et vous pourrez me danser sur le ventre. C'est naturel, un type qui connaissait Rimbaud par cœur de vous jouer un tour pareil ? Il connaissait aussi Cocteau et San Antonio, dont il empilait les œuvres les unes sur les autres, dans l'ordre. Il dépoussiérait amoureusement ses 33 tours après chaque passage sur un vieil électrophone.

La corde ! Il faut éprouver sa solidité. Chercher de l'œil vers la hauteur de la chambre l'endroit où la fixer. Et vous êtes seul. La nuit rôde autour de la maison. Et vous voyez vos mains devant vous qui s'affairent à préparer votre mort, tandis que la fumée de la cigarette vous pique les yeux. Et vous êtes vivant, terriblement vivant, enfermé dans un réseau de chairs et de viscères. Et vous pensez à cette femme qui ne veut plus entendre parler de vous, qui se pâmait il y a peu dans vos bras. Crénom, il faut le faire ce nœud coulant autour du cou. Et l'air qui veut passer. Le sang cogne. Et vos mains qui voudraient desserrer l'étreinte et qui ne peuvent plus.

Le photographe avance encore d'un pas. Il ne se détourne pas. Le ciel de Londres qu'a regardé Jane Seymour est beau comme un naufrage. Je ne me détournerai pas non plus.

— J'espère qu'il ne parlera jamais, disait mon ami.

Il ne parlera jamais.

LE MANAGER

Qu'on lui foute la paix ! Il fend son bois, nom de Dieu. Pour une fois qu'on a un véritable jour de fin mai avec du soleil et un air de cristal. Il s'en donne à cœur joie, mesurant sa force à la manière de lever la hache vers le ciel, de prendre son élan et de planter la lame dans la buche.

Il transpire, Pierren, mais de la bonne transpiration. Les humeurs peccantes qui s'en vont par tous les pores. A l'intérieur, tout s'allège. C'est ainsi qu'il conserve la forme, le manager, pas comme ces cons qui brûlent la chandelle par les deux bouts. Pas de fumée. Peu d'alcool, mais pas assez de marche, de mouvement. Et, avec son tempérament sanguin, il devrait.

Qu'on lui foute la paix ! Pour une malheureuse matinée qu'il peut consacrer à son corps et ne penser à rien d'autre, se laisser griser par l'odeur du bois. Une vraie forêt qui vient à sa rencontre. Il ne le sait pas, mais elle lui parle de son enfance, du temps où le scieur de bois venait avec sa machine débiter les stères. Il s'appelait Ernest. Un petit type avec une gueule un peu de travers, coiffée par une casquette de marin à visière de cuir. Au coin de sa bouche, un éternel cigare à la fumée âcre, comme ceux des croque-morts d'antan. Mais Ernest était surtout remarquable par sa femme, un petit bijou bien tourné et coquette comme pas une. Pas une femme pour scieur de long. Pauline, vous parlez d'un prénom. Elle faisait les délices de gros messieurs de la finance qui avaient des loisirs et aussi, pour la bonne bouche, de petits loubards à peine libérés de l'enseignement obligatoire. Pauline adorait Ernest. Quand tout un chacun avait rentré son bois de chauffe, au moment où s'annonçait l'automne et que fatalement les affaires allaient moins bien, elle faisait l'appoint et le ménage tournait. Toute l'année, Pauline n'en demeurait pas moins jolie comme un cœur. Vêtue comme les grandes dames, elle avait en plus d'icelles des trésors naturels à les faire pâlir de jalousie.

Qu'on lui foute la paix ! Il fait une pause et, appuyé sur le manche de la hache posée sur le billot, embrasse des yeux la maison et le jardin. Ce qu'il possède ne tient pas dans un seul regard. Pour photographier tout son domaine, la belle maison patricienne et tout le reste, il faudrait reculer un bon bout, probablement jusque sur le lac. Des photos, même en couleurs, ne rendraient pas compte de la splendeur du jardin avec ses iris royaux, ses rocailles, ses boutons de roses encore tout corsetés, mais qui allaient éclater sans crier gare. Beaucoup d'autres fleurs dont il ne savait même pas les noms. Placées comme elles le sont, ça représente quelque chose ces pierres et cette terre au soleil. Des heures et des heures de travail et une pincée de chance. Et puis aussi le fait qu'il en connaît un bout dans les affaires. Celui qui lui fera prendre des vessies pour des lanternes, il n'est pas encore né. Il faut reconnaître qu'il a eu du nez. Pas donné à tout le monde. Il sent les choses, flaire les terrains à acheter à bon compte dont les prix vont monter en flèche en moins de deux, des occasions de mettre en contact margoulins et promoteurs en retirant son épingle du jeu au bon moment, sa commission en poche. En ville, on démolissait ferme des immeubles encore beaux pour mettre à leur place des horreurs de béton et de verre. Alentour, la vigne perdait du terrain. Vieille rengaine. A défaut de lui, d'autres en auraient fait leur beurre.

Il a une belle maison, un grand séjour avec cheminée monumentale, trois salles d'eau. Son empire s'étend au loin, à des heures de voiture, jusqu'au flanc des montagnes où il fait pousser des colonies de chalets de vacances comme des champignons. Ses juristes lui donnent d'excellents tuyaux pour s'accommoder de la *lex Furgler*.

Qu'on lui foute la paix ! Il carbure au crédit. Les banques et de gros manitous. Tout le monde y trouve son compte, y compris les médecins allemands, belges, français, italiens et malgaches qui envoient leurs clients en cure dans les chalets, après qu'ils ont été opérés à cœur ouvert dans la clinique où il a aussi des intérêts. Tout le monde touche ses honoraires en bons francs suisses francs d'impôts. Bah ! on s'arrange. Qu'on ne lui rebatte par continuellement les oreilles avec des sornettes, Stavisky, le canal de Suez, les banqueroutes célèbres. Quand le bâtiment va, tout va.

Il reprend sa hache et pan ! La bûche s'écartèle, tranchée nette, et la lame se plante profond dans le billot. Il pense à Berthe qui s'ouvre ainsi, une saignée fraîche et odorante. Ses cuisses si lisses. Elle est à la montagne avec les enfants. Il téléphonera ce soir. Est-ce qu'il fait aussi beau à Montana ? La sueur lui perle au front. On voit qu'on n'a pas d'entraînement. Au moindre effort…

Qu'on lui foute la paix ! Monsieur ! Monsieur ! C'est Simone qui appelle du seuil de la maisonnette qui sert de bureau. Téléphone ! Elle est plantée dans une robe qui la moule. Blonde et claire. Tout le contraire de Berthe Quoi ? Téléphone ! Je n'y suis pour personne. Blaustein. Je viens. A requin, requin et demi. Aussi libre qu'on se croie, il y a toujours quelqu'un au-dessus qui tire les ficelles.

Dans le bureau, les stores baissés tamisent la lumière. Allo. Blaustein veut le voir. Ah ! merde pas aujourd'hui. Aujourd'hui, il fend son bois. Blaustein est de passage. Une affaire qui ne saurait attendre. On pourrait déjeuner ensemble ? Inutile de faire des objections, mon cher, je vous sais gourmand. Chez Gilbert, à une heure ? Il raccroche. Simone, en face, est penchée sur des papiers. Elle perfore un document, puis le met dans un classeur. Quels jolis seins, seigneur, une blancheur si palpitante, des ombres de nids d'oiseaux. Seulement les prendre dans sa main durcie. Pour se consoler de devoir suspendre sa belle journée. Bon lièvre chasse loin de son terrier. Il détourne les yeux parce que Simone, ayant perçu le poids de son regard, lève les siens. Du bleu nacre. Une innocence à vous couper le souffle. Fausse innocence, il le sait bien.

Onze heures et demie. Encore une heure à cogner. Il lui resterait une demi-heure pour se laver et s'habiller. Il aurait préféré un verre de blanc, du pain et du fromage au gratin d'écrevisses de chez Gilbert. Pan ! La bûche résiste. Il doit y avoir un nœud. L'image d'Ernest et du ruban mobile de sa scie lui revient. Et cette coquine de Pauline. Les croque-morts qui fumaient le cigare comme Ernest. Ernest qui est mort. Pauline morte aussi. Le glas sonnait. Dans les hauts quartiers de la ville, il arrivait avec les bouffées du vent ou bien étouffé par la neige. Les chevaux étaient noirs, recouverts de couvertures noires. Les morts partaient de chez eux, après trois nuits de veillée, pas à la sauvette et d'endroits anonymes comme de nos jours. On suivait à pied en apercevant, découpés sur le ciel, le haut de forme du cocher et la courbe gracieuse du fouet.

Qu'on lui foute la paix ! Ces poignées d'or et de terre qu'on amasse. Blaustein en connaît l'attrait. Et lui, Pierren, ne savoure-t-il pas l'ascendant que l'argent lui donne sur d'autres ? Toute une chaîne de dépendance. Avec ça, son bois allait rester en rade. Et s'il se mettait à pleuvoir ? Les prochains jours, pas le temps de s'en occuper. Des sauts de carpe d'un chantier à l'autre, des conseils d'administration, des plans à discuter avec les architectes. Des heures de bagnole…

Le bois sent la résine. Une odeur élémentaire. Le bois, le foin, le vin. Et le corps des femmes. Il était petit à l'époque, mais Pauline il s'en souvient comme si c'était hier. Haut comme trois pommes et déjà cet émoi devant ce que laissait deviner l'échancrure de sa robe.

Il vous en passe des choses par la tête pendant que vous cognez comme un sourd Pas croyable. Attention ! La moitié de la grande bûche fendue a failli lui tomber sur le pied. Le sentiment bizarre d'avoir déjà vécu ce moment. Ernest et Pauline ? La même journée. La même chaleur faisant perler la sueur au front. Toute la vie devant lui dont le parfum lui montait à la tête.

Aujourd'hui, la même sensation. Mais avec une pointe de regret. Il sait qu'il a les yeux plus gros que le ventre. Il ne pourra pas saisir tous les fruits offerts, toutes ces chairs radieuses, toutes ces promesses de plaisir, toutes les Berthe, les Simone et les Pauline.

Qu'on lui foute la paix ! Il s'arqueboute. Il se ramasse sur lui-même, puis il se détend et se recroqueville dans un ahan terrible. Nom de Dieu, il est râblé, taillé à la serpe, noueux, rugueux, la cinquantaine ourlée de poils gris, mais les petits minets n'ont qu'à venir s'aligner. Comme des métaux, on peut dire de lui qu'il est un homme de bonne trempe. Levé à l'aube, jamais de manteau, têtu comme une mule, fonceur impénitent et pas trop à cheval sur la légalité, il est de la race des conquérants. Avec ça, le cœur sur la main, follement généreux pour les siens.

Si les autres savaient comme c'est facile de se tailler un empire. Avoir l'œil ouvert, saisir les occasions, vendre plus cher qu'on achète, articuler carrément des chiffres, dire ce qu'on pense. Quand vous êtes en position de force, personne n'ose vous résister. Personne n'ose vous dire en face que vous êtes un emmerdeur. Le cynisme délibéré paie, pas de doute. Vous foncez, disant tout haut ce que les autres pensent tout bas, alternant la louange et la critique, estomaquant l'interlocuteur par votre aplomb. La méthode Pierren. Pas celle de Blaustein. Lui, c'est plutôt un pisse-froid, un type qui vous glace à force d'inhumanité. Déconcertant. Insaisissable. La même impression qu'éprouve un très grand type à rencontrer plus grand que lui. La compréhension brutale de ses propres limites et de l'ascendant exercé sur plus petit que lui.

Pierren cogne. Qu'on lui foute la paix ! Lui, il a vaincu toutes les inhibitions liées à sa taille, à la modestie de l'origine, au manque de beauté. Nom de Dieu, il s'est fait à la force du poignet et il sent la force de son propre rayonnement, la chaleur qu'il diffuse et que les autres ressentent à son contact. Mais Blaustein brrr ! Voilà quelqu'un qui lui fait froid dans le dos et qui demeure totalement imperméable à son magnétisme.

Les oiseaux chantent. Dans la chaleur de presque midi, le bruit des voitures se dilue, lointain. Il revoit Ernest. Décidément, une idée fixe. Petit, étriqué dans son costume Mao avant la lettre et sa casquette de traviole. Il mâchonne éternellement son cigare. Pierren a l'impression de le voir vraiment pour la première fois, avec le poids de ses ruminations à propos de Pauline et tout le courant des choses à remonter. Combien de kilomètres de bûche ont passé entre ses mains et quelles pensées ont accompagné ses gestes ?

A l'époque, comme tous les gamins du quartier, Pierren

avait les cheveux ras. Au début de l'été, coïncidant avec celui des vacances, sa mère passait son crâne à la tondeuse. L'avantage des économies de coiffeur pesait autant que les motifs d'hygiène, notamment la prévention des poux. C'était aussi le moment des coupes de bois dans les forêts domaniales, temps de la préparation des feux de l'hiver. Bois et briquettes dans les poêles où la mère, première levée et dernière couchée, entretenait le feu comme faisaient les vestales. Noël amènerait l'oncle de Bienne et sa famille, dans leur grosse voiture américaine qui ferait fureur, avec l'accordéon pour donner à la fête une sorte d'excitation joyeuse.

Les arbres fruitiers promettent de belles récoltes, une bonne goutte 1982 pour les pommes et pruneaux qui seront envoyés à la distillerie. Les enfants franchiront un nouveau degré dans leur formation scolaire.

Si tout va bien... Et pourquoi tout n'irait-il pas bien ? Sait-on jamais, par les temps qui courent ? La crise qui touche l'horlogerie pourrait bien affecter le bâtiment. Et si le crédit devenait plus rare, les appartements sans preneurs... De quoi Blaustein venait-il lui parler toute affaire cessante ? Il n'a même pas songé à le lui demander. Bah ! il verra bien.

Aujourd'hui, les choses changent si vite. Les experts se disputent : crise conjoncturelle ou crise structurelle ? Les types touchés par les licenciements se posent la question autrement : comment tourner avec le coup de la vie qui augmente, les traites à payer, le loyer et tout ? On vivait dans un monde plus ou moins stable, du moins chez nous, et puis tout à coup des lézardes partout. Des grosses boîtes craquent, des valeurs solides s'effondrent du jour au lendemain.

Là-haut, le soleil est toujours là, le ciel toujours aussi bleu. Les bras ballants, Pierren s'est arrêté de cogner. Simone quitte le bureau en refermant soigneusement la porte derrière elle. Elle lui fait signe de sa main blanche dans un éclair de blondeur. En ville, midi sonne à la collégiale.

Pierren sent des gouttes de sueur couler le long de son échine. Tiens, un frisson. Serait-il malade ? Tu parles, plus vu le docteur depuis des lustres. On ne sait jamais. Et puis, toutes ces images anciennes qui font surface alors qu'il ne pense jamais au passé. Pas le moment de se laisser aller, compris ?

D'un pas traînant, il se dirige vers la maison, laissant la hache plantée dans le billot. La cuisine est fraîche. Il laisse couler l'eau sur l'évier en regardant dehors. Sans penser à rien. A part cette image de Simone s'en allant.

Il se verse un fond d'absinthe. Dans le doute absinthe-toi. Le jeu de mot éculé l'amuse intérieurement. Il s'assied, les jambes écartées, buvant à petites gorgées, prolongeant la vacuité de ces instants, désirant inconsciemment que la vie s'arrête là. Au moins un quart d'heure pour souffler…

Il ne vit positivement pas venir l'infarctus.

LE SECRET DE DOLLY

Tout le monde l'appelait Dolly, mais son nom de baptême était Angélique. Je vous demande un peu. Avec son nez futé et cet air pas angélique du tout ! Depuis l'école maternelle, chaque fois qu'on lui demandait son nom, elle répondait Dolly. Si bien qu'elle avait fini par l'imposer. Sauf à l'état-civil. Ceux-là, pour leur faire modifier quelque chose, il faut se lever tôt. Si bien que tous ses papiers officiels continuaient à la qualifier d'Angélique, un point c'est tout.

Pour l'avis mortuaire paru dans le journal local, on avait pu ajouter *dite Dolly.* Donc Angélique dite Dolly.

On l'avait retrouvée, comme une poupée désarticulée, poupée de cire poupée de son, au pied du pont du Gotteron. Pas dans la Sarine qui roule des eaux noires en toutes saisons. Sur la grève. On était même au début du printemps. Près de sa main droite ouverte, une fraîche pousse de pervenches. Plus loin, au-delà des falaises, des jonquilles dansaient à la brise sur un pied et, demain, il y aurait des étoiles de narcisses. Les fleurs des cerisiers se tenaient prêtes à éclater. Des pêchers fleurissaient déjà contre les murs.

Comment peut-on mourir à cette saison ? Pas Dolly qui allait répondre. Pourtant, elle portait un deux-pièces vert tendre, preuve que pour elle aussi l'hiver était bien mort. Attention. En avril, devant toutes les choses qui montent et éclosent, on se sent parfois des langueurs. Est-ce qu'on va se laisser prendre une fois de plus au piège, semer, attendre l'été, récolter en automne, puis ranger à nouveau ses outils pour l'hiver ? On peut hésiter sur le seuil du renouveau. S'interroger sur sa capacité à se laisser surprendre encore par quoi que ce soit. Il arrive que s'impose le constat de la fin des illusions et qu'on sache de vérité certaine ne plus rien avoir à attendre. Le printemps se fait alors violent. C'est sa mission.

Jusqu'à maintenant, le beau temps s'est maintenu. Le vent agite des feuilles tendres tout contre la fenêtre du crématoire. Une grande paix. Le pasteur d'office n'a rien à dire de la vie de Dolly qui, de son côté, n'aurait su quoi dire du pasteur. Apparemment pas le genre d'hommes qu'elle fréquentait. Encore que. Qui peut se vanter de savoir ce qui plaisait ou déplaisait à Dolly ? Seigneur, veuille accueillir dans ton sein l'âme de notre sœur Dolly. Quelqu'un avait dû insister pour qu'il dise Dolly et pas Angélique, Tu es poussière et tu retourneras à la poussière. Après la bible, les poètes ont dénoncé le caractère provisoire de la beauté, certains se vengeant ainsi du dédain dans lequel les belles les avaient tenus. *Lorsque tu dormiras, ma belle ténébreuse/sous un beau monument taillé de marbre vert.* Baudelaire. *Corps féminin, qui tant es tendre, poly, souef, si précieux, te faudra-t-il ces maux attendre ?* Villon.

De toute façon, Dolly était incapable de donner son avis. Elle reposait dans le cercueil recouvert par un drap violet. Quelqu'un avait posé dessus une rose rouge. Une seule. Les hommes sont en majorité. De tout âge et de toute origine. Signe commun : une certaine recherche vestimentaire, indice, bien que l'habit ne fasse pas le moine, de réussite sociale.

Le cercueil descend aux accents de Bach provenant d'un orgue électronique invisible. Tout le monde se lève. On s'aperçoit que tous les hommes présents ont encore un autre point commun : leur grande taille. Pour une femme, Dolly était très grande.

Il n'y a pas de famille à qui serrer les mains. Mais le pasteur a tout de même annoncé qu'un verre serait offert à l'issue de la cérémonie par les amis de Dolly.

C'est un restaurant au bord du lac. De l'intérieur, on voit l'eau irisée et même quelques crêtes d'écume. Des voiliers filent, les voiles tendues. Des jeunes mères promènent leur progéniture sur le quai. Des vieux s'asseyent précautionneusement sur les bancs fraîchement repeints. Au mois d'avril, n'ôte pas un fil. Il paraît que, dans le port, on a remis le *Vieux Vapeur* à son amarrage de la belle saison. J'aurais aimé assister au branle-bas de combat du transfert, d'une estacade à l'autre, de ce vieux bâtiment transformé en restaurant. Ainsi en va-t-il des choses. Les fringants capitaines au long cours finissent leur carrière à l'octroi.

Les mouettes se laissent porter par la bise en jouant, ma parole, dans les tobogans de sa poussée.

Les inconnus bien vêtus qui sont venus, en plus des collègues, se sont installés à une table un peu en retrait, chargées de sandwichs, de biscuits secs et de petits croissants fourrés à la viande. La servante verse du vin blanc ou du rouge, comme chacun désire.

Quant aux collègues, ils occupent une autre table. Des femmes pour la plupart. Enfin, des demoiselles ou des dames de bureau. Oui, Dolly travaillait dans un bureau, même si on l'eût imaginée dans une autre profession plus conforme à son physique. Laquelle ? Vendeuse dans une boutique de luxe ou bien dans les soins d'hygiène et de beauté. A la limite, en forçant un peu sur le maquillage, patronne de bar. Mais Dolly prenait grand soin d'estomper ce côté provocant de sa personne, de minimiser son pouvoir de séduction.

Le plus âgé des inconnus doit approcher la soixantaine. Il prend l'initiative de rompre la glace. Rien ne me désigne pour m'exprimer le premier, prend-il le soin de préciser, sinon le triste privilège de l'âge. Il a une belle tête aux traits nets, scandaleusement bronzée par rapport à ceux qui sortent exsangues de ce long hiver. Dolly était une chic fille, mais énigmatique en diable. J'avoue avoir souffert de ne rien savoir de sa vie en dehors de l'heure que nous passions ensemble chaque semaine. Rongé par les doutes les plus affreux, bâtissant à son propos les suppositions les plus rocambolesques, j'en ai toujours été réduit aux conjectures. Aujourd'hui, alors qu'elle nous échappe définitivement, le mystère de Dolly est plus épais que jamais. C'est dans l'espoir de le percer que je me suis rendu ici, messieurs, vous prêtant des sentiments semblables aux miens et une égale avidité de vérité. Je propose que nous livrions chacun à tour de rôle et sans ambages l'image que nous conserverons de Dolly. D'accord ? Silencieusement, les autres inconnus approuvent d'une inclinaison de tête.

Alors celui qui est assis à sa droite se met à parler. J'ai aimé follement Dolly. Je continue de l'aimer follement. Je ne devrais pas. Ne plus vous voir. Ne plus vous entendre. Ne plus entendre parler de vous. Combien de fois ai-je prononcé ces mots dans mon for intérieur ? Quand Dolly me relançait après des semaines de silence. Quand elle se montrait tendre après des jours d'indifférence. Je l'aime et je la hais. Plutôt, c'est moi que je hais de l'aimer. Je me hais au miroir de Dolly. De sa part, jamais un aveu spontané. Jamais de ces faiblesses qui inclinent à la confidence. Elle semblait toujours vous dire : à vous de jouer. Je ne suis que l'humble et obéissante servante de vos caprices. Je ne vous demanderai jamais rien.

Ce type a l'air vraiment malheureux. Entre ses sourcils, deux plis verticaux sont creusés. Que fait-il dans la vie ? Professeur ? Possible, si l'on se réfère à sa manière de s'exprimer, très littéraire. Un homme pleinement conscient de ce qu'il est et sachant le dire. Et Dolly entre dans sa vie. Il explique comment. Elle a tenu parole. Elle ne m'a jamais rien demandé, me laissant fixer le rythme de nos rencontres, me suivant dans les expositions ou les salles de conférences, selon mon bon plaisir. Jamais un mot plus haut que l'autre. Jamais non plus la moindre approbation, ni la moindre louange à mon égard. Pas de désapprobation non plus. Jamais je n'ai trouvé chez elle le moindre reflet de l'admiration lue dans les yeux de mes étudiants devant la subtilité de mes analyses de la pensée kantienne. Comment interpréter une telle indifférence ? Peut-être le rejet de tout préjugé, de toute notion de valeur, de toute convention sociale ? Considérait-elle tout homme nouvellement entré dans sa vie comme une terre vierge, privée d'existence en dehors de ses rapports avec elle, Dolly ? Plusieurs indices et recoupements m'ont conduit à voir sa vie comme une sorte de mosaïque, juxtaposition de moments différents vécus avec des personnes différentes aux existences parfaitement étanches à l'intérieur de ce réseau sans communication. Je n'y avais moi-même qu'une existence intermittente, le temps des moments passés en compagnie de Dolly… A peine avais-je échafaudé une théorie, un fait minime venait la détruire et Dolly s'échappait entre les mailles du filet. Ma pensée, jadis si assurée, s'épuisait à ce jeu kaléidoscopique. Peu à peu, je devins hésitant, velléitaire, allant jusqu'à remettre en question les bases mêmes de mon savoir. Sans un mot, Dolly m'en avait montré les limites, mon impuissance à comprendre la complexité de son être. Des années de lecture et de réflexion étaient tournées en dérision par cette femme dont l'énigme n'était après tout qu'une création maladive de mon esprit. Aujourd'hui encore, je demeure partagé entre plusieurs interprétations... Le silence s'installe. On saisirait au vol les conversations, mais elles sont entrelacées comme une grille de mots croisés. Pourtant, des mots reviennent, parfois prononcés simultanément par plusieurs personnes : désespérée, incompréhensible, mesurée, prévoir. Et puis des rires percent aussi, le goût de vivre qui revient au triple galop. La vie continue. Le vin y aide. Et le spectacle éclatant que l'on a sous les yeux. Ce lac, en avril. Par une journée pareille. Et le magnolia qui fait la roue près de la fenêtre. Si Dolly avait attendu un ou deux jours seulement, elle n'aurait pu résister à cette poussée vitale. C'était son heure. Faut croire.

A la table des inconnus, tous le regards se tournent vers le voisin de celui qui vient de parler. Pas un intellectuel. Non. Un type carré, massif, à chaux et à sable. Sans jeu de mots, probablement un entrepreneur, un constructeur, un pionnier. La tête de quelqu'un à qui on ne la fait pas. Pas lui faire prendre des vessies pour des lanternes. Mais avec ça plutôt sympathique et vraisemblablement généreux.

Conscient de l'attente des autres, il la fait durer. Il allume une cigarette avec un briquet en or massif. On voit ses boutons de manchettes de même matière noble. Ses mains sont rouge brique, comme son visage.

Après une lente bouffée tirée de sa cigarette, puis exhalée, il se met à parler. Il ne doit pas être question de la même Dolly, ma parole. En vous écoutant, j'ai cru rêver. Qu'est-ce que c'est que toutes ces salades à propos d'une fille simple comme bonjour nom de Dieu ? C'est vrai ça. Pas compliquée pour un sou et régulière comme pas une. En onze ans, jamais un lapin posé. Il suffisait de fixer les rendez-vous, de prendre ses dispositions. Alors, on partait à la date convenue. Avec elle, ça valait la peine de consulter le Michelin. Quel coup de fourchette ! Et au lit ! Alors, qu'est-ce que vous demandez de plus ? Et pourquoi se ronger les sangs pour savoir avec qui elle est quand vous n'y êtes pas ? Est-ce qu'elle me posait des questions à moi ? Alors.

Il lève son verre. Un instant, le soleil qui entre à flots s'éblouit au vin rouge. Je propose de boire à Dolly. Dieu ait son âme ! Nous avons eu son corps adorable, pour notre plus grand bien.

L'universitaire se renfrogne. Il trouve ce type minable. Et d'un mauvais goût ! Mais d'autres l'approuvent intérieurement parce qu'ils retrouvent certains traits de Dolly dans son portrait. Certains traits seulement. Pour le reste, sa vision est trop simpliste. Elle manque totalement de subtilité, du sens des nuances, de profondeur. Manifestement, il n'a saisi que l'aspect le plus superficiel de Dolly.

C'est l'avis du type qui s'exprime maintenant, un grand sec aux tempes creusées, un rétracté frontal de Corman. En réalité, Dolly était une femme perverse. Sa voix siffle comme les lacets du corset de Madame Bovary, selon Flaubert. Que fait-il dans la vie, celui-là ? Vêtu très strict, image même de l'économie au propre et au figuré, la peau gris sombre d'un gentilhomme espagnol. Mais sous nos latitudes ? Notaire ? Gérant immobilier ? Juge d'instruction ?

Quand je l'ai connue, j'étais un père de famille heureux. Elle a tout détruit, tout brisé. Sans dire un seul mot. Sans mériter le moindre reproche. En me laissant interpréter des souhaits qu'elle n'exprimait pas. A devenir fou. J'ai tout sacrifié sur l'autel de cet amour, rusant avec elle, la provoquant, tentant de la prendre à mon piège. Elle en est sortie indemne, libre comme l'air.

Tout de même, il ne faudrait pas oublier son suicide ! Se jeter dans le vide depuis le pont, pas à la portée de n'importe qui. Ainsi s'exprime l'inconnu suivant, profitant d'une pause marquée par le notaire-juge-administrateur. Ça doit être un artiste. Il paraît plus jeune que les autres, moins marqué socialement, plus libre, encore que sa tenue vestimentaire soit très classique. Mais le col discrètement dégrafé, les cheveux longs…

Vous êtes-vous rendu compte des trésors d'imagination de Dolly ? Elle entrait dans le jeu au quart de tour. Nous communiquions ensemble par symboles, inventant des oiseaux qui transmettaient nos messages. Ainsi, l'impossibilité dans laquelle nous étions de nous voir ne constituait-elle pas un obstacle. Au contraire, Dolly trouvait toujours moyen de répondre à mes appels du cœur. Nous échangions beaucoup de choses en nous moquant des contraintes du temps et de l'espace. Mais il m'arrivait aussi de l'appeler au téléphone au milieu de la nuit... Oui, elle adorait ma voix. Alors, je lui racontais les choses les plus folles...

Tandis qu'il parle, suivant sa propre fantaisie et ses fantasmes dollysiens, le plus âgé des hommes, celui qui a commencé, se lève discrètement. Il traverse la salle. La fenêtre ne parvient plus à contenir ce prodigieux jour d'avril. Il déborde. La table des collègues est devenue franchement bruyante. Sous l'effet de l'alcool, les hommes racontent des histoires égrillardes et les femmes rient.

Il a hâte d'être dehors, d'être ébloui par toute cette lumière. Justement, il descend les marches du perron. Il avance sous les platanes. Le lac lui éclate en pleine figure et le ciel avec son bleu qui vire au noir quand on sonde l'espace infini. Il serait aussi vain de vouloir démêler l'écheveau des secrets du cœur de Dolly que de s'interroger sans fin devant l'univers avec des *pourquoi ?* et *comment ?*

Peut-être Dolly avait-elle vainement attendu que quelqu'un vienne, l'appelle Angélique sans rire et la prenne par la main ?

LE PREMIER PAS

Ces journées d'hiver sont terribles. On ne sort pas de la nuit. Si Burnand ne lui dictait pas des choses au dernier moment, elle rentrerait plus tôt. Il y aurait encore de la place au parking. A cette heure, va te faire fiche. Faudra encore qu'elle suive la rue en maraude. Jusqu'où ? Cette habitude, d'ailleurs, de venir voir au parking ! Elle devrait savoir depuis belle lurette que c'est une illusion. En plus, il neige à gros flocons qui tourbillonnent dans le halo des lampes. Elle pense que les gens sont déjà chez eux, les pieds aux chenets. Ou bien à la télé. C'est l'heure des informations. Mitterrand en visite à Rome, le Salvador, les pirates de l'air de Tanzanie. En Suisse, le deuxième pilier, les radicaux qui crient au loup parce que les socialistes neuchâtelois ont rendu visite à leurs coreligionnaires du Doubs. Crime de lèse déontologie. En dehors du cercle des professionnels de la politique, tout le monde s'en fout éperdument. Mais tout de même, il en reste quelque chose dans le subconscient des électeurs. Les radicaux savent pertinemment que ça paiera aux prochaines élections.

Elle en a ras le bol de ces discussions au secrétariat du parti, de ces parlottes *ad eternum*. Brave Jeanne, toujours disponible. C'est vrai, elle ne sait pas dire non. Alors, ils auraient tort de se gêner. Même Morillon, bonne poire, trouve en elle plus poire que lui et ne se fait pas faute de lui coller du boulot.

Mais qu'est-ce qu'elle a ce soir ? D'accord, c'est lundi et elle a passé un week end exécrable. Depuis qu'elle a cette voiture, sa vieille mère s'est découvert une passion pour le mouvement. Dimanche après dimanche, hiver comme été, elle ne se sent bien que sur les routes. Ils ont visité le lac noir, les franches montagnes, le lion de Lucerne et aussi le

« Verkehrshaus », franchi le Simplon, Le Gothard, admiré la cathédrale de Soleure et j'en passe. En rentrant, il fallait s'arranger pour faire un détour — parfois une véritable expédition en soi — par la Neyrigue, canton de Fribourg, sur la tombe du père, mort il y a des siècles.

Invariablement, sa sœur Elisabeth, l'air grincheux avec ses lunettes à verres épais et son frère Arnold, un demeuré dégingandé, sont de la partie. Quant à la mère, il y a belle lurette qu'elle paraît d'âge canonique. Le temps s'est lassé de lui donner sa patine. Retire-t-elle jamais son chapeau noir à voilette de celles-qui-ont-eu-des-malheurs ? Et pas de raison pour que ça change. Autant l'année compte de dimanches, autant de fois Jeanne se met en route avec sa petite famille, à la sortie de la grand-messe. Ils arrivent à l'église, cette masse rouge que l'on aperçoit à l'est de la ville, au bord du lac, alors que les cloches sonnent à toute volée. Le plus beau, c'était au printemps. Le jardin anglais, à côté, se refaisait une beauté. Des chatons jaunes pendaient aux noisetiers. Des fleurs poussaient partout. Les gamines tremblaient un peu dans leurs jupes écossaises au soleil encore pâle.

Jeanne sourit un peu à cette évocation. Pour le printemps, il faudra repasser. Pour l'instant, se cramponner au bastingage. Cinquante-trois ans ! Combien de printemps à espérer, même si les dieux se montrent cléments ? Un peu plus vite, un peu plus tard, où est la différence ? Quelle humeur ce soir, Jeanne ! C'est vrai, que fait-elle là, pas un temps à mettre un chien dehors. D'ailleurs, il n'y en a pas. Sur la route, la neige tient, pas le moment de caramboler.

Pour l'instant, pas de risque. Elle demeure sur place, en bordure du parking plein comme un œuf. Si quelqu'un partait ? Compte là-dessus. Qui serait assez fou ? On n'est pas en période électorale, avec des réunions. En tout état de cause, pour le monde qui s'y intéresse... D'ailleurs, c'est trop tard pour partir et trop tôt pour rentrer. Quand est-ce qu'elle aura le courage de les envoyer se faire cuire un œuf, au secrétariat du parti ? Pour ce qui est de la cuisson, sa mère doit l'attendre à côté du fourneau potager, prête à frotter l'allumette à son arrivée. Comme d'habitude, elle allait lui dire, des reproches dans la voix :

— Jeanne, que tu rentres tard ! Ton frère mourait de faim. Il n'a pas pu t'attendre.

Il avait eu raison. Pourquoi sa mère n'en avait-elle pas fait autant ? Ce serait si agréable de manger seule, sans être contrainte de parler des menus événements de la journée. Mais alors sa pauvre mère, seule tout le jour et qui attendait son retour avec une telle impatience ? Elisabeth et Arnold ? Pas la même chose. Ils ne pensent qu'à eux. Elisabeth s'enferme dans sa chambre, avec sa télé personnelle. Arnold passe son temps avec des demeurés. Dis-moi qui tu hantes, je te dirai qui tu es. Elle aurait aimé autre chose, Jeanne. Un peu d'espace à elle, le temps de reprendre haleine. S'habiller sans se préoccuper de la réaction de sa mère. Pas des folies, mais autre chose que ces robes strictes et ces chaussures à talons plats. Un chemisier qui s'ouvre en pointe sur… de la couleur. De la couleur, pas trop, mais plus ces gris si proches du noir.

Et puis, ses lunettes elle les changerait contre d'autres vite fait bien fait si ça ne tenait qu'à elle. Mais voilà, elle n'ose jamais. Elle pense trop aux autres. Elle vit pour sa mère, pour sa sœur, pour son frère. Pas pour elle. Personne ne l'a encouragée à vivre pour elle-même. Même des illettrés savent le faire. Des rustres qui n'ont rien dans la tête. Tandis qu'à elle, on en avait appris des choses ! En plus des règles élémentaires du savoir-vivre, la dactylographie, la sténographie, la comptabilité, la rédaction. Pas pour se vanter, mais sans elle, ils seraient bien embarrassés au secrétariat du parti. Il n'y en a pas comme elle pour redresser le style du secrétaire général, pour faire de ses phrases boiteuses de belles propositions, avec des principales, des subordonnées et tout. Elle remet à leur place le sujet, le verbe, l'attribut et l'objet direct. Ce qui n'avait, pardonnez, ni cul ni tête, veut tout à coup dire ce que le secrétaire général voulait dire. Et la comptabilité donc ! Elle n'a pas sa pareille question tenue impeccable des livres ou pour dresser un bilan, un budget ou un compte de profits et pertes. La fiduciaire l'écrit, noir su blanc, dans son rapport annuel.

Qu'en a-t-elle de plus, à l'heure où elle fait son propre bilan ? Car, ma parole, c'est ce qu'elle est en train de faire, non ? Et les langues, tiens ! Elle parle mieux l'anglais que le président. Pas difficile d'ailleurs, ça ne suffit pas de porter des chemises Burberry's. Ce qu'elle peut être sarcastique, tout de même ! Qu'est-ce qu'elle a mangé ? Elle ne sait plus. Debout, à la Migros, pas de quoi avoir des démangeaisons atrabilaires. Demandez à Pierre Arnold.

Agressive, ma parole. Te voilà agressive, ma vieille ! Elle reste là, les deux mains sur le haut du volant, le buste penché en avant. La couche de neige s'épaissit sur le pare-brise. Elle actionne l'essuie-glace qui découpe deux tranches de camembert sur la vitre. La rue devient de plus en plus hivernale, comme dans *Le Noël de Donald*, de Walt Disney. Jeanne aimerait pouvoir se laisser gagner par la poésie de ce paysage feutré, silencieux.

Puis une voiture aux feux tremblotants passe. Jeanne souhaite rester là éternellement, s'endormir, mourir, oublier toute réminiscence, clore les paupières sous un million d'années de neige. Tout, sauf continuer à dévider cet écheveau insipide de jours qui se ressemblent et de dimanches sans espoir.

Il y a des soirs, comme ça, votre vie a l'air défaite, comme les mailles d'un vieux pull. Les autres ont un foyer, des enfants, un amant, quelqu'un qui vous attend ou que vous attendez. Elle, rien. L'a-t-on jamais regardée comme on regarde une femme ? Pas étonnant. Avec son physique ingrat et l'espèce de hargne qu'elle met à se rendre plus laide encore. Ses vêtements couleur de muraille. Sait-on à quoi elle rêve, seule dans son lit sans pouvoir trouver le sommeil ? Et les images qui défilent devant ses yeux clos ? Si les hommes savaient tous les ardents trésors perdus ! Mais ils ne recherchent que les filles dont la beauté les flatte. Celles-là, elles ont l'embarras du choix. Se contenter d'être belle et recevoir les hommages. Vous êtes libre, un soir de la semaine prochaine ? Avez-vous des projets de vacances ? Si on partait ensemble à la montagne ? Elle n'entendrait jamais la moindre de ces petites phrases-là. On peut se dire qu'elles sont terriblement banales et que, les années passant, on arrive de toute façon à la solitude. Mais une solitude avec des souvenirs, c'est autre chose qu'une solitude sans. Déjà à l'école enfantine, elle était laissée pour compte. Aussi, on n'avait pas idée de les attifer, sa sœur et elle, comme sa mère les attifait. De vraies orphelines avant la lettre, des épouvantails à garçons. En plus, une double rumeur courait sur sa famille. On les taxait de grenouilles de bénitier, à cause du père, bedeau de l'église paroissiale jusqu'à sa mort. Il distribuait, le jour des rameaux, une sorte de buis entourant l'édifice et qui, béni et proche de l'encensoir, répandait un parfum que Jeanne sent encore dans ses narines, quand elle le veut. Par ailleurs, et ceci explique cela pour certains détracteurs, on ne se gênait pas pour dire que tous les membres de la famille étaient tarés. C'est vrai, aussi bien sa sœur que son frère ont fait des séjours à la clinique psychiatrique cantonale. Pas de quoi paniquer. Comme c'est bien connu, c'est le dernier endroit où se cache un peu d'humanité.

Il neige de plus belle. Elle se rappelle quand elle était petite, comme elle regardait la neige, la tête levée, le doux atterrissage des flocons sur sa peau. Elle attrapait vite le vertige à tenter d'isoler du regard, le plus haut possible, un flocon étoilé. Mais, dans la grisaille, elle le perdait des yeux.

Brusquement, répondant à une impulsion, Jeanne passe la première et démarre. Prudemment, mais avec décision, elle reprend la direction du centre ville. C'est en pente. Il faut se méfier.

Elle arrive sans encombre au centre, désert, un peu fantomatique avec ses lumières derrière le rideau de la neige. En bordure de lac, elle peut facilement parquer la voiture. Le lac, il faut savoir qu'il est là. On devine plutôt une force noire et immobile, engourdie par un faux sommeil. Ne pas s'y fier.

Elle traverse la place avec décision et entre dans le Café du Théâtre. Ah ! le choc de la lumière et de la chaleur après la solitude et la nuit. Elle en demeure un peu hébétée, hésitant sur le seuil à aller plus loin, comme étonnée de son audace. Tout de suite, elle se reprend et va s'asseoir à une table bien en vue, après s'être débarrassée de son manteau et de son chapeau. Elle retire aussi ses lunettes embuées et les pose devant elle.

Il y a peu de monde. Lundi… Les habitués qui viennent refaire le monde, le libraire, un écrivain local au verbe haut, un avocat véreux, ont déjà abandonné les lieux. Ne restent que quelques couples tranquilles et des tables inoccupées.

Par chance, sa robe n'est pas trop moche, mais son chignon ! Mon Dieu, quelle faim. Et sa mère. Elle téléphonera plus tard. Ce soir, tournée des grands ducs ! Faire quelque chose, ou bien elle deviendra folle. Garçon ! La carte !

Pas question de prendre le menu. Ras le bol des steaks pommes frites et du bœuf bourguignon. Abattis en velouté, pour l'entrée ? Puis bœuf à la diable avec une salade aux fonds d'artichaut ? Pour l'entrée, à la réflexion, plutôt de la ballottine de canard au foie gras. Non, pas pour l'entrée, comme plat de résistance. Pour le dessert ? Elle verra plus tard. Et à boire ? Une bouteille de rouge Maison carrée 1968. La nappe est blanche, blanche. La serviette aussi, en bonnet d'évêque.

Ah ! qu'il fait bon. Dehors, la neige n'a qu'à continuer de tomber. Ici, elle est au chaud, un peu engourdie encore, mais elle commence à se sentir bien. Le garçon arrive, présentant la bouteille avec l'étiquette en évidence. Un autre garçon traverse l'espace avec un plateau fumant. Le sien de garçon, un petit italien moricaud et moustachu, débouche la bouteille avec des gestes religieux. Puis il verse sacramentellement un fond de verre et le lui tend pour déguster. Elle porte lentement le verre à ses lèvres et prend une petite gorgée qu'elle retient dans sa bouche comme un gros rubis, mais beaucoup plus doux et plus frais.

Elle sait que d'aucuns trouvent systématiquement au vin un goût de bouchon pour donner la mesure de leur aplomb et marquer leur précaire supériorité à l'égard du garçon. Ce soir, elle aurait pu, histoire de se faire les griffes et de mettre à l'épreuve cette tentation du pouvoir qui naissait en elle. Mais c'eût été trop facile, dérisoirement facile. Alors, elle repose simplement le verre en inclinant légèrement la tête. Le garçon le remplit. Elle boit une grande gorgée qu'elle sent se répandre en elle comme une chaleur heureuse.

Ensuite, elle a tout loisir d'examiner les autres hôtes. Dans un coin, un jeune couple avec un enfant. Des gens simples, apparemment. Tous trois portent des jeans. Qu'elle doit avoir l'air godiche avec sa robe sans âge, boutonnée jusqu'au menton ! Justement, elle l'ouvre pour se donner de l'air. A une autre table, un monsieur très élégant. Elle jurerait qu'il n'était pas là quand elle est entrée, mais ne l'a pas vu arriver. La soixantaine un peu bedonnante et bien soignée. Bien sûr, un manteau de cachemire bleu marine et un chapeau de feutre aux larges bords, posés sur une chaise à côté de lui. Ailleurs, deux amoureux discutent, penchés l'un vers l'autre par-dessus la table. Que peuvent-ils se dire dans le halo de la lampe, une bouteille presque vide entre eux ? Des mots nés dans l'intimité du vin partagé…

Puis le regard de Jeanne s'attarde sur les grandes verrières qui servent d'écran à la chute de la neige. Dans le temps, un orchestre s'installait, en été, justement là, entre le restaurant sombre et la terrasse au soleil, bordée par de grands buis en pots. Un pianiste, un violoniste et un batteur, parfois une contrebasse. Ils jouaient des valses viennoises ou des airs à la mode. Les verres de bière s'embuaient et le temps était immense, la vie sans rivage, Jeanne passait à côté, sans s'arrêter. A côté des délices, amours et orgues. Toujours quelque chose à faire. On ne les attachait pas avec des saucisses, les enfants de ce temps-là.

Elle se lève pour aller tirer des cigarettes au distributeur. Combien de temps qu'elle n'a pas fumé ? Les jolis paquets, si tentants, qu'ils fabriquent maintenant. Déjà une joie de les tenir en main. Elle enlève tranquillement la cellophane et prend une cigarette. Sans avoir été appelé, le garçon est là, une allumette enflammée à la main. La première bouffée lui donne un léger vertige, comme un petit nuage qui passe dans sa tête. Elle étend les jambes sous la table, s'appuie au dossier de la chaise et tente d'exhaler un rond de fumée. Raté !

Après, les choses s'enchaînent plus rapidement. Les abattis sont vraiment veloutés et la ballottine de canard à l'avenant. Le vin circule dans ses veines, lui communiquant une sorte d'engourdissement. Tu vois, Jeanne, tout est facile. Mon Dieu que je suis bien ! Mais alors bien. Pas besoin de prendre le ciel à témoin de ses aises. Tu ne prononceras pas le nom de Dieu en vain. Cette chaleur. Je retrouve mon corps. Bon Dieu, j'ai aussi un corps. Encore le nom de Dieu. Comme si elle en pouvait que la chaleur ambiante mêle en elle des langueurs avec de drôles d'ardeurs. Ma parole, elle se découvre des seins avec des pointes agacées et dans son intimité inviolée... Non ça, elle n'ose même pas le penser. Pourtant, elle doit se l'avouer : elle sent monter en elle une furieuse envie d'être prise, caressée, violentée, délicieusement brisée, rompue. Exister. Une fois, bon sang de bon Dieu. Encore ! Oui. Oui. En vérité, je vous le dis.

Pour le dessert, ce sera quoi ? Elle regarde le garçon, debout devant elle. A-t-il un corps sous sa veste blanche et son gilet noir ?

Pas en ce moment. Il est tout en contrastes de lumières et d'ombres, comme un paysage d'Italie à la tombée du jour. Une chaleur diffuse et calme. Elle regarde ses mains qui tiennent la carte. Des mains maigres et fortes. Il attend. Une coupe Danemark. A cause des sillons de chocolat chaud dans la glace. Et les autres, ont-ils un corps ? Pas seulement pour les humeurs, les maladies. Tiens-toi droite. Lave-toi les mains. Ne croise pas les jambes. Quand elle était petite, sa mère la plantait nue dans un baquet d'eau, au milieu de la cuisine et la lavait rudement avec une éponge. Le savon dans les yeux. Que tu es blanche, Jeanne. Un corps pour le plaisir.

La coupe Danemark se révèle à la hauteur de son attente. Un délicieux chaud-froid, si amical pour le palais. Entretemps, le restaurant s'est rempli. Surtout des jeunes. Des garçons et des filles hippies, merveilleusement libres dans leurs vêtements à la diable. Une jolie noiraude, magnifiquement effrontée, roule minutieusement une cigarette entre ses doigts bruns. Jeanne se prend à souhaiter avoir leur âge et leur liberté d'allure. Malheureusement, on ne peut être et avoir été. Sa mère le disait à tout bout de champ. Avoir été. Tu parles. Pas le moindre souvenir exaltant. Pas la moindre aspérité. Un passé ennuyeux comme une rue de banlieue.

Elle prend son paquet de cigarettes, se lève et se dirige résolument vers le groupe de jeunes. Elle se sent légère, agréablement. Elle s'adresse à celui qui semble le chef, un vieux jeune homme désabusé qui refuse de vieillir. Vous avez du feu, s'il vous plaît ? Il lui tend un briquet. Elle allume maladroitement sa cigarette et le lui rend. Vous pouvez rester avec nous, si le cœur vous en dit. Il a laissé tomber ces mots sans empressement, n'attachant manifestement aucun intérêt à sa réponse. Indifférents aussi, les autres continuent à deviser entre eux.

Sans hésitation, elle prend à sa table son verre et la bouteille de vin aux trois quarts vide, s'assied à la place qu'ils lui font, entre le chef et un garçon incroyablement blond et mince, aux très belles mains de fille.

Ils sont cinq : en plus du chef, de la fille-aux-cigarettes-roulées-main et du garçon blond, une fille sans âge et manifestement sans joie et une autre, jeune, vive, aux yeux bleus très mobiles sous des sourcils arqués.

Ah ! si Burnand la voyait. Pas folle de s'afficher avec ces paumés ! D'autant que le parti, par la voix très écoutée de sa théoricienne, pourfend les jeunes qui n'ont qu'à retourner aux saines notions des travail et de famille et cesser de crier à la répression chaque fois qu'ils se heurtent aux frontières de l'ordre public. Quant aux responsables, qu'ils se montrent plus musclés et tout ira pour le mieux dans le meilleur des mondes.

Mais qu'il la voie donc Burnand, elle ne demande que ça. Ras le bol à la fin de leurs discours moralisateurs. Faîtes comme je dis, mais pas comme je fais. Ceux qui, sous l'aile protectrice du parti, s'en mettent plain les poches dans le bâtiment et ailleurs. Bientôt plus que des HLM, des *pizzerie,* sans compter les contraintes du trafic motorisé, voies rapides, tunnels et autres. Sur ce chapitre, écoute, ma petite… Tu as une bagnole comme tout le monde. Alors, écrase. Normal que les déshérités aient aussi quelques miettes du gâteau. Le besoin de stabilité, la crainte du changement font le reste. Non, elle n'allait pas laisser remonter cette aigreur du fond d'elle-même, ni se sentir honteusement complice du gâchis général. Danse sur le volcan, ma petite. Elle commande une nouvelle bouteille de vin. Du même, garçon. Tournée générale. Santé ! Un regard vers la grande baie vitrée. Il neige toujours et rien ne laisse prévoir un changement. Jeanne se sent légère, légère. Il fait si bon, si chaud ici. Les autres la tutoient. Elle les tutoie. Comme si elle les avait connus depuis toujours. Une vraie famille. Qu'est-ce que tu fais dans la vie ? Tu es seule ? Eux ? Des petits boulots, juste pour gagner de quoi survivre. Non, ils ne vivent pas en communauté. Le blond mince fabrique des bijoux avec du fil de fer, des trombones de bureau et des clous. Ha ! Ha ! pas étonnant, avec ses mains de femme. Le chef n'est pas le chef. Il est fin, cultivé, intelligent, Jeanne s'en est aperçue rapidement. Du théâtre. Du théâtre ici, vous vous rendez compte ? Ils supportent tout juste les tournées Karsenty, et encore ! Lui, il rêve d'un théâtre qui soit un lieu de dislocation, à l'image de notre société. D'un côté, c'est logique que la société refuse de fournir les moyens de sa mise en question. Maurice Druon, éphémère ministre français de la culture l'a dit lapidairement : je n'aime pas ceux qui viennent me trouver avec une sébille dans la main droite et un cocktail molotov dans la gauche. Belle intelligence que celle conduisant le chef à conclure, au terme de son analyse, que notre société est invivable ! Jeanne le trouve touchant, avec ses cheveux poivre et sel, sa chemise de coutil échancrée sur un torse velu, dégageant une fausse idée de force. La petite aux yeux vifs trouve tout bien, tout sympa, la vie facile quoi ! La noiraude fume sans rien dire, mais l'air de tout comprendre. La troisième fille demeure absolument atone, les cheveux filasses, couleur de ses yeux délavés. Droguée ? La question peut se poser. Entre le chef et Jeanne, une connivence s'est établie spontanément. Elle aima tout de suite son désespoir voilé d'humour. Lui avait flairé sa blessure de mal aimée.

Mais là, franchement, elle se sent bien, perdue dans un temps sans limite. Elle aime ce café demeuré désuet en dépit des peintures rafraîchies, ses habitués, elle-même, tout.

Et puis, cet engourdissement délicieux, ce consentement du corps. Consentir à quoi ? A exister comme possibilité de plaisir et pas seulement comme instrument calamiteux.

On va changer de crémerie. Dixit le chef. Les autres opinent du (re) chef. Jeanne appelle le garçon. Il additionne les tickets de caisse de sa première table, de celle-ci. Cent-douze francs quatre-vingt-cinq, le total. Elle qui, d'habitude compte ses sous, n'achète une robe, une paire de chaussures qu'en cas d'extrême nécessité, et de préférence aux soldes ! Au diable l'avarice ! Elle paie d'un cœur léger.

La nuit, sous sa cloche de neige, a un air de confidence.

Curieusement, il ne fait pas froid du tout, mais on retient tout de même son souffle et sa langue. Le silence ambiant y invite. Ils sont maintenant dehors, les six, devant la porte du restaurant. On va au *Jazzland,* dit le chef. Pas besoin de voiture, c'est à côté. Jeanne veut d'abord passer au trésor de nuit de sa banque. Ils l'accompagnent. Sous leurs pas, la neige crisse dans les rues désertes. Jeanne pense à une peinture de Breughel. L'Ancien ? Ou le Jeune ? Elle ne sait plus. Rencontrer Burnand. Mon Dieu, faîtes que je le rencontre ! Mais personne ne sort du *Cercle national.*

Contrastant avec cette nuit toute blanche, le *Jazzland* est une caverne sombre où il faut se diriger à l'estime. Mais l'œil s'habitue rapidement à la pénombre. Ils trouvent une table libre, éloignée du podium, entourée de fauteuils profonds comme les mille et une nuits. Le spectacle a déjà commencé. Accompagné à la batterie par le patron de l'établissement, un tromboniste noir joue des *blues*. Jeanne se rappelle une interview récente de Léopold Sédar Senghor à la télévision. Vingt millions de Noirs déportés pendant la traite. Et, pour chacun d'eux, dix Noirs tués, deux cents millions de Noirs. Saignée de l'Afrique. Cet intellectuel noir, haute figure culturelle et politique, nourri de latin et de grec, en parle posément. Mais la voix gutturale des chanteurs de *negro-spirituals*, les pianos et les cuivres torturés, les tambours échevelés nous feront revivre ce drame tant qu'il y aura des hommes.

Réfugiés ici, serrés les uns contre les autres dans cette nuit plus profonde que la nuit, dans cet espace minuscule que la musique étend vers l'infini, ne sont-ils pas, eux aussi, des espèces d'enfants perdus, exilés d'ils ne savent quel paradis ?

Jeanne commande pour tous du vin blanc du pays. *La Grillette.* Un goût de pierre à feu et de terreau maigre. Il fait si sombre qu'on ne peut lire l'étiquette, mais la saveur y est. Comme la musique, ce vin met les nerfs à nu. Au lieu de faire bonne mine à mauvais jeu, il vous pousse aux confidences. C'est vrai, vous êtes malheureux, les choses ne vont pas comme vous l'entendez. Vous pourriez en donner dix bonnes preuves, mais la vérité c'est que votre vie n'a pas de sens. Le tromboniste transpire à grosses gouttes, allant chercher les accords très loin, au fond de lui, son corps basculant vers l'avant puis vers l'arrière dans un mouvement pendulaire. A la batterie, le patron se déchaîne. Il s'éclate comme un beau diable. Il n'a déjà plus que la peau et les os, le reste ayant passé dans les tambours et les baguettes.

Il doit être tard, mais pour Jeanne il n'y a plus d'heure. Elle sent le bras du chef autour de ses épaules, sa main chaude sur le gras de son propre bras. De son autre main, il retire les épingles et barrettes de sa chevelure. Ses cheveux glissent le long de ses joues. Tu es beaucoup mieux ainsi. Elle s'abandonne, consentante. Plus personne n'existe. Seulement la voix basse du trombone avec son rythme de sang fou, cascadant, rebelle.

Les autres n'existent plus. On les devine à peine, affalés sur les fauteuils, peut être les yeux clos. Aussi, personne ne semble prendre garde à leur départ.

Le bord du lac est tout blanc, les quais, les arbres aussi, comme les mouettes et les bateaux amarrés dans le port. Le lac lui-même paraît blanc sous le ciel noir. Ce n'est plus la nuit, mais pas encore franchement le jour. La neige a cessé de tomber. Jeanne enlève avec un petit balai celle qui s'est fixée aux vitres de sa voiture. Bien que la pendule de la poste marque 7 h. 35 — elle n'aurait pas pensé qu'il fût déjà si tard — elle fait les choses posément. Elle se sent bien. Une lassitude heureuse Non, non, elle ne racontera rien à personne. Pas un mot. Elle va garder tous ces souvenirs dans son cœur pour quand elle sera seule. Quand elle s'est levée, il dormait encore dans le désordre des draps. Partir avant la lumière cruelle. Ne pas provoquer la dérision. Pire, la pitié. Préserver cette nuit de légende, la possibilité de la faire revivre mentalement.

Maintenant, elle sait ce qu'est une nuit d'amour. Elle ne détournera plus pudiquement les yeux quand les autres en parlent au bureau. Ou bien, les détournera-t-elle tout de même ?

Légère, la neige volette sous le balai. Dessous, une couche de glace. Il a dû faire froid vers le matin. Elle gratte, elle racle. Le froid ? Elle ne s'en est pas aperçue.

Non, elle ne dira rien. Elle justifiera son retard par un

mal de dents. Mal de dents, mal d'amour. Une fois, c'était bien son tour. Elle appellerait sa mère depuis le bureau. Dieu sait dans quel état ? Il fallait asséner ce grand coup pour assurer sa liberté. A l'avenir, on ne lui poserait plus de questions. Tant pis si elle avait appelé la police. Ou Burnand. Ah ! celui-là, elle lui réservait du changement. Un chien de sa chienne.

L'ANNÉE DU CRABE

Cette année, les roses sont monstrueuses. Hautes, arrogantes même, parfaites de beauté, culminant au-dessus de toute critique et de toute souillure, elles aiguisent cruellement leurs épines sous le ciel lourd, coqs silencieux fiers de leurs ergots.

Pour les roses comme pour les femmes, une règle d'or ordonne le port de tête idéal, la cambrure exacte. Un degré au-dessous, un ton au-dessus et l'équilibre est menacé. Pensez à ces magnifiques créatures, élancées sans être trop grandes, maigres sans sécheresse, lisses et mates, découpant dans l'espace leur silhouette rigoureuse et sans aspérité, femmes promues par droit divin au trône royal. Qui peut leur être comparé, sinon la rose, reine des fleurs comme le lion est roi des animaux ?

Cette année donc, le subtil équilibre unissant toutes choses semble sérieusement mis en cause. Perdant la tête, les roses placent la leur à des hauteurs indécentes. Rien n'est dérangé dans leur structure et dans leur morphologie. Le naturaliste leur trouverait certainement le nombre requis d'épines, de pétales et d'étamines. Il les déclarerait normales et saines, particulièrement vigoureuses, par ailleurs très délicates, recherchées même dans les tons de leurs robes. Il est vrai que, de ce côté-là, elles représentent une affolante variété, en proposant les infinies nuances du jaune et du rouge, du saumon, du violet cardinal. Quant à leur blancheur, si tant est qu'elles aient choisi le blanc pour emblème, elle éblouit positivement.

Non, décidément, aucun naturaliste ne partagerait l'indéfinissable sentiment d'angoisse qui me gagne. Sans voir plus loin que le bout de son nez, même à l'aide d'une loupe, il ne trouverait pas le moindre indice de dysfonctionnement ou de mutation inquiétante. Retirant ses lunettes et me considérant de ses yeux de myope, il me dirait : « mon bon monsieur, plaise au ciel que toutes les roses de la création fussent aussi belles ! »

Et pourtant, je ne suis pas rassuré. J'ai installé une chaise longue dans le verger, sous le cerisier. Il fait lourd, avec un soleil de plomb au-dessus de la couche de brume. Après plusieurs jours de canicule, le gazon présente quelques plaies. Les framboisiers sèchent, sans qu'on ait eu le temps de récolter tous leurs fruits. Les feuilles de l'abricotier se flétrissent prématurément. Cette année pourtant, les abricots furent particulièrement beaux. J'aurais souhaité les laisser longtemps suspendus à cet arbre de Noël de juillet, mais ils se mirent à tomber au pied du tronc brûlant.

Pour revenir au cerisier, il présente à son faîte les stigmates d'une maladie honteuse que le jardinier ne parvient pas à soigner. Les feuilles se recroquevillent et, poisseuses, se couvrent de pucerons. Je le sais, ayant grimpé jusqu'au sommet pour cueillir les quelques cerises dédaignées par les oiseaux. La plupart, déjà éventrées, pendaient sanguinolentes. On voyait le noyau comme un os mis à jour par une plaie.

Seul dans le verger à cette heure matinale, je laisse le paysage se diluer dans mes yeux. Les lignes du lac et des toits de la ville s'entremêlent, les couleurs se confondent. Je romps mes amarres et glisse vers une heureuse confusion. Mes certitudes se détachent une à une de moi. Sans âge, sans état-civil, sans indigénat, sans profession, sans conviction, je flotte dans un temps immobile. Merveille de n'être plus personne, réduit à un point d'éternité. Issu de quoi, en marche vers quelle métamorphose ? Une forte odeur monte de la terre, mélange d'herbes et de racines, de maturations souterraines.

Les roses ! Je me secoue, au bord d'un insidieux sommeil. Les roses. Provocantes, à la limite où le jardin s'arrête abruptement sur le vide, elles dardent sur la ville un regard cruel. Leurs têtes dépassent franchement la haute clôture ce qui, de mémoire d'homme, ne s'est jamais produit. Par ce gigantisme, elles échappent au domaine de la rose, à notre monde même, pour obéir aux lois d'un autre monde, inconnu et menaçant. Rompue, l'exquise harmonie entre grâce et agressivité, faisant de la rose cette souveraine à la fois désirée et crainte ! Anéantie, la faiblesse qui me touchait, dont le réseau d'épines constituait l'inévitable rempart, au demeurant bien dérisoire !

Qui s'avise, en ville, de cette menace silencieuse ? Le bruit du trafic monte comme à l'accoutumée vers notre haut quartier. S'y mêlent ceux des chantiers. Quand le bâtiment va, tout va. Dans les bureaux, c'est la pause café. Les écoliers sont en vacances. Les hôpitaux tournent avec des équipes réduites. Les magasins de vêtements soldent leurs laissés-pour-compte. Aux Nouvelles Galeries, le baratineur de service offre des articles qui n'en valent pas le quart à cinquante pour-cent du prix soldé. La roue tourne. Il fait déjà abominablement chaud. Si je sortais avec Finette, la chienne, elle ferait halte à chaque fontaine, s'y plongerait, suscitant la surprise des badauds. Finette est couchée dans l'herbe, à deux pas de moi, respirant d'une manière saccadée. A-t-elle remarqué les roses ? Tu penses ! Accablée par la chaleur, elle dort tant qu'elle peut.

Ainsi, je suis le seul à savoir. Je me lève, m'approche des roses. Leur fraîcheur encore nimbée de nuit est intacte. On ne saurait imaginer épanouissement plus complet, sûreté de soi plus insolemment affichée. Affirmant leur suprématie avec autorité, les sept roses — je les ai comptées — se moquent bien sûr des sentiments qu'elles m'inspirent. Pénétrées de l'importance de leur mission, elles se suffisent à elles-mêmes. Ou bien sont-elles de ces messagers aveugles dont se servent les puissances supérieures, de ces janissaires dociles entre les mains qui les manipulent ?

J'ai beau planter le bout de mon nez devant chacune d'elles, chercher leur regard sous mille paupières, les roses demeurent muettes. L'idée qu'elles puissent s'exprimer n'est-elle pas saugrenue ? D'où me vient-elle ? Un instant, j'ai dû les confondre avec quelque voyante ou pythonisse au langage sibyllin. Entendre une voix sentencieuse surgissant des pétales serrés autour du cœur des roses ne m'eût pas surpris. Je le souhaite si fort que, peut-être, le chœur des roses, longtemps muet, va s'élever pour annoncer les temps futurs.

Une rumeur d'abord me fera prêter l'oreille, une question sur le bord des lèvres : réalité ou illusion ? Non, ce n'est pas une illusion. Un chant à peine articulé s'élève. Une voix ou plusieurs ? La chanson monocorde est dans l'air. Immanente. Nul pétale ne remue dans l'air lourd. Nul mouvement de tête n'accompagne les paroles. Des paroles ? Plutôt un murmure modulé *mezzo voce* qui parfois s'enfle, parfois s'amenuise jusqu'au souffle, comme un ruisseau devenu filet d'eau.

Nulle langue connue ou inconnue qu'on pourrait transcrire à la faveur de racines communes. La rose blanche est la plus cruelle. Qui se permet de l'affirmer ? Elle-même, mais ses compagnes reprennent aussi l'antienne. Cruelle comme la mort avant les espérances. Pourquoi ne seraient-elles pas toutes également cruelles ? Vivre est sans espoir. Le soleil lui-même, combien de temps encore réchauffera-t-il les planètes de son système ?

J'interroge la rose cardinalice confite en sa froideur onctueuse. Perdant toute mesure, elle dit des messes noires et l'or de son anneau se change en fer. La réversibilité du phénomène donne raison aux alchimistes. Rien à attendre de cette interlocutrice, pas plus que de la rose rouge prévaricatrice et incendiaire. Elle dit les amours brûlantes et le feu éternel dévorant les amants passionnés. Non, elle ne prononce pas un mot, mais dans son entourage l'air se charge de soufre. Tu peux, rose, te vanter de ne pas te charger toi-même de tes basses œuvres de destruction. Il te suffit d'exister. Comme la lampe allumée la nuit, tu te bornes à fournir un appât au papillon qui s'y brûle les ailes.

Et toi, rose noire du désastre, addition de toutes les couleurs et de tous les maux. Je ne céderai pas à la facilité de te comparer aux ténèbres. Mais quelle majesté de silence et quelle sombre épée suspendue sur la ville ! Sur la ville qui émerge de la brume comme un vaisseau fantôme. D'abord le pavillon ouest du toit de la poste, bâtiment ridicule portant à son fronton les noms d'Etats disparus, comme le Monténégro. Puis les hôtels qui jouxtent le port, blocs de béton (je n'ajoute pas « sans âme », puisque je suis résolument non-conformiste) sans intérêt, mais pratiques. Enfin, juste en face de moi, le château qui dresse, à deux ou trois jets de pierre (cela dépend de la force du lanceur) des parois particulièrement rébarbatives. Les villes ont les châteaux qu'elles méritent. A cette aune, la nôtre est prétentieuse., Elle a les yeux plus gros que le ventre et ses édiles ont toujours eu un incroyable appétit de pouvoir et le souci d'inspirer une crainte salutaire. Pas étonnant que le château ait toujours nourri chez mes concitoyens un esprit d'obséquiosité et de fronde.

Surgi des brumes comme une locomotive de Turner (Wilhelm, peintre anglais, 1775-1851), le château toise donc de sa hauteur démesurée les impudentes roses monstrueuses. En comparaison, le combat des Horaces et des Curiaces n'était qu'aimable jeu d'enfant, empoignade à la loyale pour un but dérisoire, comme le sont souvent les prétextes servant de détonateurs aux guerres. Ici, il en va de tout autre chose. Héritières de celles qui les ont précédées immémorialement, les roses de mon jardin osent enfin affronter le géant hargneux dressé devant elles, cette espèce d'ours mal léché qui a maintenu des générations de roses sous son joug.

Il y a quelque chose de pourri au royaume de Danemark. Elles se gêneraient pour le dire ? Finie, l'autorité de droit divin. Regardez-les, dressées sur leurs ergots. Combien la beauté travestie peut devenir effrayante. Il suffit d'oser, de transgresser les interdits, de lever les tabous. Comment, passées certaines limites, ce qui est tendresse exquise devient-il comble de l'agressivité ? Pourquoi la soumission passive se mue-t-elle en rébellion ? Existe-t-il des nombres d'or dont le détraquement engendre des catastrophes ? Les défauts sont-ils l'envers ou l'excès des qualités ? Les abeilles seraient-elles ivres de butiner ces roses-là ?

Comment répondre à tant de questions ? Je me borne à relater ce qui se passe. Sous mes yeux, les roses se transforment en serpents sifflants, crachant un venin couleur de leurs robes. Des fleuves en naissent qui charrient vers la ville ces eaux venimeuses d'apocalypse, induisant des cataclysmes en chaîne. La peste de l'esprit sera guérie par le feu, l'orgueil noyé sous le nouveau déluge. Ainsi les dieux se rappelleront-ils au souvenir des hommes. Les remettant à l'état de nature, détruisant leurs pompes et leurs œuvres, ils rétabliront l'énigme fondamentale dans son intangible majesté.

Un moustique agace l'air à mon oreille. Je m'éveille sous le cerisier, découvrant un ciel très pur entre les branches. Vertige. En bordure du jardin, les roses impassibles dorment debout. La chaleur sert d'excuse à leur paresse. Je vais biner, sarcler, arracher la mauvaise herbe. Combien de jour pour accomplir les travaux de saison ?

J'ai rêvé. Comment interpréter le rêve ? Où se cache en moi la monstruosité des roses ?

FIN

TABLE

Achevé d'imprimer en octobre 1995
sur les presses de la Nouvelle Imprimerie Laballery
58500 Clamecy
Dépôt légal : octobre 1995
Numéro d'impression : 507049

Imprimé en France